Um amor de muitos verões

Um amor de muitos verões
Ana Faria

Copyright © 2015 by Ana Faria

EDITOR:
Gustavo Abreu

PROJETO GRÁFICO, DIAGRAMAÇÃO E REVISÃO:
Nathan Matos

CAPA:
Carol Oliveira

Este livro foi editado respeitando as novas regras ortográficas.
TODOS OS DIREITOS RESERVADOS.

Não é permitida a reprodução desta obra por qualquer meio, físico ou digital, sendo a violação dos referidos direitos crime punível com pena de multa e prisão na forma de artigo 184 do Código Penal. O mesmo se aplica às características gráficas e editoriais.

Dados Internacionais de Catalogação na Publicação (CIP)
Bibliotecária Juliana Farias Motta CRB7- 5880

F224a Faria, Ana
   Um amor de muitos verões / Ana Faria . -- Belo Horizonte, MG : Letramento, 2015.
   264 p.. ;. 21 cm.

   ISBN: 978-85-68275-44-3

   1.Prosa – Literatura brasileira.2. Ficção brasileira. I. Título.

CDDB869.3

www.editoraletramento.com.br

Impresso no Brasil.
Printed in Brazil.

*"Outros criam deuses que cegam,
impedindo-os de ver o que gratuitamente Ele
(o Deus único e verdadeiro) reservou para nós".*

Antônio Navarro de Andrade

PRÓLOGO

Silvia estava determinada a dar mais uma chance para o amor, e Guilherme era o único homem que fazia essa decisão valer a pena. Voltara a Arraial do Cabo para encontrá-lo, todavia não tinha certeza se aquele homem ainda estava disposto a se envolver com ela. Sentada à beira-mar, vislumbrando aquela imensidão azul emoldurada por um céu alaranjado, ao fim do dia, Silvia estava pensativa. Suspirava, de vez em quando, tentando reunir forças e argumentos para fazer Guilherme acreditar que ela ainda o amava e que estava decidida a ficar. A mente fervilhava ao pensar que aquele reencontro seria decisivo e determinaria o rumo de sua vida dali em diante. *Será que ele ainda a amava? Será que estava solteiro? Ele a aceitaria de volta depois de tudo o que tinham vivido e principalmente agora, nas condições atuais em que ela se encontrava?* Ela já não era mais uma mulher livre e desimpedida e isso poderia fazer com que Guilherme desistisse dela para sempre. Silvia estava insegura e por isso tinha medo. Lembrou-se de quando Guilherme lhe dissera que nem a eternidade seria suficiente para fazê-lo esquecê-la. Mas o tempo havia passado desde aquela confissão, e Silvia não sabia o que esperar. Por isso, teria que arriscar. Era a única maneira de descobrir se seus caminhos se encontrariam outra vez ou se tomariam um rumo distinto e definitivo...

QUATORZE ANOS ATRÁS...

Silvia estava animada com aquela viagem de verão. Após estudar para a prova de recuperação em Matemática, havia alcançado a nota necessária para a conclusão do ensino fundamental. Julgava-se merecedora das férias. No ano seguinte, iniciaria o ensino médio e uma nova etapa de sua vida. Ela esperava ter mais independência e mais responsabilidades. Queria fazer amigos mais velhos e pensava que, mesmo na escola, muita coisa seria diferente, pois todo mundo dizia que no ensino médio a carga de estudos era mais pesada e que os alunos precisavam ter mais autonomia. Silvia sabia que teria de se dedicar com afinco aos estudos, mas não queria ficar pensando nisso naquele momento. Deixaria para se preocupar quando as aulas começassem. Ela queria se divertir e deixar de lado as recordações da escola e dos livros.

Sentia-se cansada e aliviada, afinal nunca tinha passado por situação semelhante. O colégio em que estudava, desde criança, era bem-conceituado e sempre tivera professores muito exigentes. Mas, em geral, ela gostava de estudar e sempre se saía bem. Nunca havia ficado em recuperação. Fora um susto para ela e para sua mãe. Reconhecia que não havia se dedicado o suficiente no último semestre, mas, honestamente, não havia se dado conta de que as notas estavam tão ruins. Não aceitando a nota em vermelho no boletim como derrota, debruçou-se sobre os livros por uma semana inteira, estudou por mais de oito horas, a cada dia, e fez a prova de recuperação muito confiante.

— E aí, como se saiu? — perguntou Rebeca, assim que a filha entrou no carro.

— Muito bem. Tenho certeza de que consegui uma boa nota — respondeu Silvia com a gostosa sensação de dever cumprido.

— Quem bom, meu bem. Acho que podemos comemorar, então.

— É uma boa ideia. Essa semana foi realmente cansativa.

— Aonde quer ir? Você pode escolher.

— Eu escolheria o Burguer Brasil, mas como sei que você não é muito fã de sanduíche, que tal comermos uma pizza?

— Pode ser. Quer ir perto de casa ou tem alguma sugestão?

— Será que podemos ir ao shopping e...

— E o quê, Silvinha? Ah, não, nem me fale em compras, porque seu armário está abarrotado de roupas.

— Não é isso, podemos ir ao cinema? Estreou um filme desde a semana passada que eu estou louca para ver. Seria uma boa maneira de relaxar depois de uma semana de estudos intensivos.

— Tudo bem, mas, então, é melhor irmos logo para não pegarmos os últimos horários de exibição. Amanhã tenho de levantar cedo.

— E eu, graças a Deus, estou finalmente de férias! — A menina levantou os braços comemorando.

As duas foram ao shopping, compraram os ingressos e depois comeram uma pizza bem saborosa. Com um sorvete expresso na casquinha, se dirigiram para a fila do cinema, que já começava a crescer. Divertiram-se bastante. Durante todo o caminho de volta para a casa, conversaram sobre o filme que tinham acabado de ver, como de costume, repassando cada cena, comentando sobre as músicas, o enredo, a atuação dos atores e o final. Silvia sempre tinha uma ideia melhor para o final dos filmes, pelo menos em sua própria opinião. Felizes, mãe e filha, entraram no apartamento e, despedindo-se, cada uma foi para o seu quarto preparar-se para dormir.

Silvia escovou os dentes, colocou o pijama e deitou-se na cama com muito sono. Sentia-se bem e sorria, pensando em como o passeio havia sido agradável. Amava a mãe e gostava de passar um tempo em sua companhia. Porém, queria que ela voltasse a ser feliz e sorrir tanto quanto antes, desejava que o tempo pudesse fazê-la esquecer tudo e voltasse a viver com toda a energia que tinha. Estava preocupada com ela. Sabia que, por mais que tentasse disfarçar, ainda estava profundamente magoada.

Rebeca também sorria ao se deitar. Proibiu a si mesma de fazer qualquer leitura antes de dormir. Sabia que aquilo a deixava mais acesa e não queria passar mais uma noite revirando-se de um lado para o outro sem conseguir dormir. Seu dia no trabalho havia sido cansativo, mas passar o fim de tarde e a noite com a filha a deixava muito satisfeita, pois a amava com todas as suas forças e se sentia bem em perceber que as duas continuavam próximas em meio ao turbilhão que passara em sua família.

Baseando-se na experiência de algumas de suas amigas que também tinham filhas adolescentes, Rebeca pensava que seria muito difícil lidar com algum tipo de comportamento rebelde que Silvia pudesse apresentar. Tinha muito medo dela se envolver com amizades ruins e com drogas. O último ano havia sido repleto de motivos para que Silvia se rebelasse e se afastasse da família, mas, até aquele momento, os estragos feitos pelo furacão que varrera aquela casa pareciam não ter afetado o caráter e a personalidade de sua menina. Rebeca se sentia aliviada com isso, pois muitas vezes se viu sem forças para lidar com tudo, e se a filha começasse a criar problemas também, ela não sabia se conseguiria aguentar a barra.

Aquele fora um ano difícil na vida das duas. Rebeca havia se separado do marido, depois de descobrir que ele tinha outra mulher. O casamento estava indo bem, eram um casal feliz e bem-sucedido, pelo menos na cabeça de Rebeca. Quando o marido anunciou que sairia de casa, não houve tempo para grandes explicações ou tentativas de reconciliação. Manoel já tinha tomado a decisão muito antes de comunicar à família. Levou tudo o que tinha de uma única vez. À esposa restou a casa, o carro e o bem mais precioso: Silvia.

Por um tempo, Rebeca ainda se pegava refletindo sobre onde teria errado para que um casamento de 17 anos pudesse acabar. O que faltava para que o marido pudesse se apaixonar por outra? Como ela não conseguira perceber mudanças no comportamento dele, algo que sinalizasse que ele não estava satisfeito? Por mais que tentasse, não encontrou respostas e, então, decidiu não procurá-las mais. Sabia que tinha defeitos, mas não queria assumir a culpa sozinha. Afinal de contas quem havia traído era ele.

Sentiu muita raiva dele e da amante, mas prometeu a si mesma que não ficaria remoendo aquele caminho sem volta. Se ele escolhera deixá-la para construir uma nova família, não havia nada que ela pudesse fazer. Nem que Manoel quisesse, Rebeca não o aceitaria de volta. Se fosse só a traição, talvez pudesse perdoá-lo, pois realmente o amava e nunca havia imaginado sua vida sem ele. Mas Manoel não estava arrependido e nem havia demonstrado qualquer preocupação com o perdão da esposa. Rebeca se sentiu decepcionada e humilhada, de tal forma que apenas contou aos outros que estava se divorciando, sem informar os detalhes da história. Justificou que os dois não tinham mais afinidade e que o casamento não estava bem. Definitivamente, Manoel havia feito uma escolha. Agora eram apenas as duas, mãe e filha, e uma vida inteira pela frente.

Silvia odiou o pai e a mulher que o enfiara nessa relação ilícita, odiou sua mãe que não impediu que seu pai fosse embora. Mas com o tempo percebeu que todo aquele ódio de nada adiantaria, apenas entristecia Rebeca ainda mais, que tentava ser forte. Silvia decidiu ser madura o suficiente para seguir em frente com a mãe, sem procurar culpados, apesar de ainda não conseguir sequer ouvir a voz de seu pai. Não queria vê-lo por um bom tempo, e Manoel não parecia estar muito preocupado com isso. Esperaria ele procurá-la, insistir um pouco e depois o trataria com respeito, como todo filho deve fazer. Só não sabia ao certo se conseguiria amá-lo da mesma forma, sem se lembrar de como ele havia sido um idiota. Tentou deixar os pensamentos tristes de lado e aproveitar as férias.

Aquele verão era inédito em vários sentidos. Era a primeira vez que as duas viajariam sozinhas a uma cidadezinha litorânea e era a primeira vez que Silvia viajaria levando um garoto em seu coração: Ian. Ele era um rapaz formidável, estudioso, educado, bondoso e amigo. Gostava de esportes e participava perfeitamente das aulas de Educação Física.

Ele e Silvia não pertenciam à mesma sala, Ian era dois anos mais velho. Se aproximaram desde a Feira de Cultura, quando o grupo de Silvia apresentou um trabalho o qual despertou o extremo interesse em Ian e eles passaram muito tempo conversando sobre essas e outras coisas. Depois disso, tornaram-se amigos e conversavam constantemente na escola e ao telefone.

Nenhum dos dois nunca havia se declarado apaixonado. Mas era evidente que um forte sentimento os unia e se não fosse pela timidez e inexperiência, um relacionamento sério já teria se iniciado há muito tempo. Silvia esperava o dia em que Ian tomaria a iniciativa, pois ela não tinha coragem de se declarar primeiro.

Entretanto, a garota temia estragar a amizade que existia entre eles, caso o namoro não desse certo. Além disso, havia um defeito em Ian que a incomodava muito e isso a fazia ponderar se deveria levar aquele romance adiante ou não. Ian bebia nas festas a ponto de passar mal ou ter de ser levado embora com a ajuda dos colegas. O assunto sempre virava fofoca na escola. Silvia não costumava sair assim, ia à casa de amigos, em festas de aniversários, ao shopping, e mesmo que fosse uma festa trivial, as mães de seus colegas anfitriões sempre estavam presentes, ainda que de forma sutil. Não havia bebida, nem cigarro, eram festas juvenis, quase infantis, não fosse pela mente dinâmica daquela turma de amigos.

O fato de Ian se comportar daquela maneira a assustava e não condizia com o menino grandioso que ele era. Ela não entendia o porquê daquela atitude e quando ela perguntava o motivo, nem ele sabia explicar. Silvia desaprovava a sua bebedeira e temia pela saúde dele. Era um comportamento inadequado e aquela jovem não era do tipo que participava de loucuras dessa natureza.

Embora tivesse dúvidas sobre o relacionamento com Ian, Silvia acreditava que seus sentimentos por ele eram verdadeiros. Não sabia dizer se estava apaixonada, pois aquilo nunca tinha acontecido antes. Sentiria falta dele durante as férias porque ficariam quase dois meses sem se ver. A garota sentia um aperto no coração ao pensar nisso, mas ao mesmo tempo estava entusiasmada com o verão. Ela e a mãe tinham ótimos planos.

Aquela viagem de verão foi uma surpresa. Rebeca havia alugado uma pequena casa próxima à Praia Grande, em Arraial do Cabo, no Rio de Janeiro. Havia comprado as passagens de ônibus e comunicou à filha nas vésperas. Silvia ficou feliz, há muito não ia à praia e, no mesmo dia, correu para o quarto para fazer a mala. Finalmente poderia usar o biquíni e os chinelos coloridos que havia ganhado da avó. Sentiria saudades de Ian, todavia ela gostava da companhia da mãe, pois eram muito próximas e, além disso, ir ao litoral era uma das maiores alegrias para a jovem. Amava o mar, a areia e o sol.

GUILHERME

Guilherme ficou surpreso pelo fato de ter vencido aquele ano escolar sem precisar fazer as provas especiais. Tinha a certeza de que seria reprovado em Química e teria de fazer dependência no ano seguinte. Mas Deus fora bom com ele e agora finalmente estava livre da escola pelos próximos dois meses. Com o segundo ano do ensino médio encerrado com êxito, o ano seguinte seria, portanto, o último. Ele finalmente conquistaria o diploma que tanto orgulharia seu pai. Contudo, aquele jovem não queria pensar mais em estudos por enquanto, sua preocupação era aproveitar o verão com tranquilidade, embora tivesse de trabalhar quase todos os dias.

O garoto trabalhava com o pai em um quiosque do qual eram os donos, localizado na Praia Grande, em Arraial do Cabo, no Rio de Janeiro. Sabia fazer tudo, com exceção dos bolinhos de bacalhau. No entanto, sua função principal era a de garçom, atendendo os clientes na areia da praia. Aquele trabalho era árduo o bastante para deixá-lo com uma cor dourada permanente e as pernas bem torneadas. A areia era fofa e a distância era grande entre o quiosque e as mesinhas que ficavam mais próximas ao mar. Certa vez fora internado por insolação, mas depois disso aprendera a se cuidar, usava boné e óculos escuros, protetor solar potente e bebia muita água o dia todo.

Morava com o pai em uma casa simples em Arraial. Sua mãe havia falecido quando ele era ainda pequeno, e Guilherme se lembrava pouco de como ela era. Precisava recorrer a fotografias sempre que queria pensar nela, mas a voz e o jeito de ser já se apagavam de sua mente e se tornavam apenas um borrão. Rogério, seu pai, namorava Dora. Ela era uma mulher inteligente e decidida e trabalhava como cozinheira no quiosque. Guilherme se lembrava de como o pai ficou péssimo por um longo tempo com o luto. Quando Dora apareceu em sua vida, ela conseguiu ajudá-lo a dar a volta por cima, ajudando-o a criar o filho e a tocar os negócios. Dora tinha sua própria casa e não bancava a madrasta intrometida, por isso Guilherme e ela eram amigos, tinham grande afinidade e ela o aconselhava sempre que ele se mostrava aberto a ouvi-la. O garoto sabia que Dora era importante para Rogério, tinha a certeza de que o pai a amava e, por essas e outras razões, ele a tratava com respeito e carinho, como se ela fosse da família. Rogério e Dora falavam em se casar, mas os planos sempre eram adiados com a justificativa de que usariam o dinheiro em outro investimento mais urgente.

Rogério e Guilherme se encontravam todos os dias no quiosque, mas o rapaz passava muitas noites sozinho em casa, pois o pai tinha o costume de dormir na casa da namorada. Embora ainda tivesse dezessete anos, Guilherme tinha muita liberdade. Quando terminava suas obrigações no quiosque, podia ir para onde quisesse e chegar a qualquer hora. Não havia regras nem limites estabelecidos. A cidade era pequena e Rogério conhecia a maior parte dos amigos de Guilherme. Confiava no filho, porque Guilherme provava todos os dias ser um garoto trabalhador e responsável. Apresentava alguma dificuldade na escola, mas jamais havia causado problemas graves para o pai. Tinha um gênio tranquilo, era gentil e dificilmente dava uma má resposta. Era preciso acontecer algo muito grave para deixá-lo nervoso.

Dora amava o enteado como a um filho. *Rogério tinha de agradecer a Deus todos os dias pelo excelente garoto que tinha*, pensava ela. Suas amigas, mães de adolescentes, passavam maus bocados com os atrevimentos, desrespeito e indisciplina dos jovens. Dora ouvia com frequência os lamentos daquelas mães e pensava em Guilherme com alegria. Contudo, de todas as características dele, uma a deixava realmente aflita, o fato de Guilherme ser um garoto apaixonado. Era romântico e sempre estava enrabichado com uma moça e, muitas vezes, acabava com o coração despedaçado. Não era do tipo que ficava choramingando, na fossa, lamentando o amor não correspondido, mas seu jeito extrovertido e alegre dava lugar a um comportamento sério e calado. Era quando Dora deduzia que ele havia sido decepcionado mais uma vez.

— Esse menino está muito triste, Rogério, vai lá conversar com ele.

— Que triste nada, Dora. Olha lá ele trabalhando com a cara *mais boa* do mundo.

— Cara boa? Ele está sério até demais, não vê?

— Deixa o menino, Dora, essas coisas do coração a gente não deve se meter. Ele é novo. Daqui a pouco se apaixona de novo.

— Não sei onde essas meninas estão com a cabeça — Dora lamentava em desaprovação. — Um menino tão bonito e ajuizado feito ele. Por que será que não dão valor?

— Mulher gosta de homem que espezinha, Dora, homem que trai, que não se importa com elas.

Dora o olhou de rabo de olho.

— Que conversa besta é essa, Rogério? E eu, por acaso, sou assim também?

— Não, Dorinha. Você é o meu amor. Estou falando dessas garotas de hoje em dia.

— Isso é conversa fiada, não se pode achar que tudo é farinha do mesmo saco.

Rogério cruzou os braços, encarando a mulher.

— Qual é a sua opinião, então?

Um amor de muitos verões

— Eu acho que elas até gostam do Gui, mas não estão prontas para um compromisso. Querem curtir e, quando percebem que ele quer uma relação mais séria, ficam assustadas e partem para outra.

— Você é mulher, deve entender a cabecinha delas. Mas acho que elas estão certas.

— O que está dizendo? — Dora ficou aturdida com a opinião de Rogério.

— Acho que o Guilherme é novo para namorar sério. Ele deveria curtir mais. A vida é muito curta para ficarmos presos a pessoas que não merecem o nosso amor.

Dora se limitou a levantar as sobrancelhas e suspirar. Como não tinha opinião formada sobre aquele assunto, desejava que o enteado pudesse encontrar um grande amor e ser feliz. Guilherme era homem de uma mulher só e isso era coisa rara na sua opinião.

— Em que você está pensando, Dora? — indagou Rogério ao ver a namorada olhar na direção de Guilherme e sorrir ternamente.

— Nada... Pensamentos meus. Vamos trabalhar que é o melhor que fazemos — desconversou, dando as costas e voltando para dentro do quiosque.

O PRIMEIRO VERÃO

Silvia e Rebeca chegaram a Arraial do Cabo no dia 4 de janeiro. Era um município litorâneo de cerca de 27 mil habitantes, situado na Região dos Lagos, distante 140 km da capital do Rio de Janeiro. Ficariam por ali cerca de 20 dias. Rebeca esperava uma resposta de um novo emprego em Belo Horizonte, onde moravam. Como não tinha o marido para dividir as despesas, exceto por uma irrisória pensão que ele pagava religiosamente, decidira procurar um trabalho que oferecesse um salário melhor para reconstruir sua carreira de decoradora.

— A casa é legal, mamãe. Veja, tem até varanda! Dá para ver o mar, olha! — dizia Silvia, muito animada, explorando a casa.

Como o imóvel ficava no alto da rua, era possível ver o mar da varanda. Abriram as janelas para respirar a brisa marítima. Cada uma escolheu o seu quarto, depois desfizeram as malas e tomaram banho. Rebeca verificou os objetos da casa e de posse do material de limpeza começou a lavar os utensílios domésticos. Silvia limpou os banheiros e, em seguida, comunicou:

— Vou dar uma volta, mãe.

— Não vá pra longe e tome cuidado para não se perder.

— Só vou até à praia. Não quer vir?

— Só amanhã de manhã, hoje quero ficar quietinha.

Silvia colocou um biquíni, short e camiseta e saiu, recostando a porta. Olhou à sua volta, estava ansiosa para chegar perto do mar. Caminhou alguns quarteirões até a orla. A Praia Grande era linda. Não havia nenhum tipo de calçadão ou construções. Via-

-se algumas dunas ao norte, alguns quiosques ao sul. A areia era clara e o mar refletia um verde brilhante com ondas calmas. O sol estava forte. Silvia tirou os chinelos e caminhou na areia quente. Estava animada para molhar os pés na água e, talvez, dar um mergulho. Fazia tempo que não via o mar. Eram cerca de quatro horas da tarde.

— Aí, mineira, vá até lá perto do mar de chinelos, senão não vai aguentar! — disse um rapaz recostado em um barco na areia.

Silvia fingiu não ter ouvido. Não havia pedido a opinião de ninguém e... *Como ele sabia que ela era mineira?* Silvia continuou a caminhar até o calor da areia se tornar insuportável para os pés descalços. Calçou os chinelos. O rapaz começou a rir.

— Eu avisei...

Silvia olhou irritada para o garoto enxerido, que agora ria dela. Seus olhos se encontraram antes que ela dissesse algo rude. Era um garoto alto, moreno, dourado pelo sol, cabelos castanhos e lisos, cortados ao modo surfista. Era bem magro e com poucos pelos. Seus olhos castanhos lembravam os olhos de Ian, mas eram mais bonitos e vivos. O nariz e a boca eram bem desenhados. *De onde, afinal, havia saído aquele gatinho?* Ele se aproximou.

— Me chamo Guilherme, moro aqui mesmo na cidade. Caminho nessa areia quente todo dia, pois trabalho naquele quiosque com o meu pai. Eu estou acostumado, mas seus pés são delicados...

Silvia ficou desarmada. Ele era educado e... lindo. Vestia uma camiseta branca e uma bermuda vermelha comprida até os joelhos, caída na cintura mostrando um pedaço da cueca. Usava um pequeno brinco na orelha que contrastava com as diversas pulseiras de artesanato desgastadas pelo sol, no punho moreno.

— E você, como se chama?

— Silvia — respondeu, ruborizada.

— Está curtindo as férias?

— Sim. Como sabe que sou mineira? — perguntou curiosa, enquanto tentava disfarçar a timidez.

— Eu não sabia — confessou ele com uma risada. —, foi um palpite. Sei que você não mora aqui.

— Como sabe que eu não sou daqui?

Guilherme não perdia tempo em fazer um elogio sincero. E aquela garota era linda. Morena clara, cabelos compridos e encaracolados, fios escuros com algumas mechas acobreadas. Era mais baixa que ele uns 10 centímetros, olhos castanho-claros, lábios rosados.

— Se fosse de Arraial eu saberia, já teria reparado você por aqui, pois é muito bonita.

Silvia ficou ainda mais ruborizada.

— Eu vou andando, até mais — disse, retomando o caminho em direção ao mar.

Guilherme a acompanhou por alguns metros.

— Podemos nos ver de novo? Posso te levar para conhecer alguns lugares legais. Vai gostar da minha galera.

— Não, acho que não, minha mãe não vai me deixar sair com estranhos.

— Ah, traz ela aqui no quiosque. Trabalho de segunda a segunda, assim não serei mais um estranho — ele parou de caminhar e sorriu.

A ideia parecia interessante.

— Vou tentar — respondeu ela, com um sorriso discreto, afastando-se.

Silvia aproximou-se do mar, tirou o chinelo e molhou os pés. A água estava gelada. Ventava pouco. Ela desistiu do mergulho. Resolveu caminhar e, em seguida, voltou para casa.

Estava cansada da viagem. Queria acordar cedo na manhã seguinte para curtir o dia na praia. Lembrou-se do garoto que acabara de conhecer, talvez fosse uma boa ideia conhecer a turma dele e fazer novas amizades. Porém, tinha medo de que fossem pessoas mais velhas que ela e poderiam ser barra pesada. Mas aquele rapaz parecia ser legal. Guilherme... era um nome bonito.

Silvia desviou seu pensamento para Ian, o garoto em quem realmente estava interessada. Era um amor platônico, pois era bem capaz de Ian não saber o que ela sentia, pelo menos era o que Silvia acreditava. Morria de vergonha só de pensar na possibilidade de ele saber que ela o amava. Amor? Bom... talvez nem tanto. Mas que ela gostava dele, isso ela gostava!

Antes de adormecer, Silvia lembrou-se do rosto daquele garoto da praia. Como era mesmo o seu nome? Guilherme. Ele era lindo. E a achara bonita também, pois havia dito com todas as letras. Devia ser conversa fiada, alguma cantada que ele já costumava dar nas garotas. Era um garoto esperto, morava ali e conhecia as manhas. Seria legal conhecer mais gente, mas será que deveria aceitar o seu convite? Silvia adormeceu pensando nisso.

DIA DE PRAIA

Silvia e Rebeca acordaram bem cedo, colocaram os biquínis, arrumaram a bolsa de praia e saíram em busca de uma padaria para tomar o café da manhã. Silvia comeu pão com manteiga e tomou um achocolatado. Já Rebeca preferiu café com leite e pão de queijo.

— Mãe, só você mesmo para sair de Minas e vir comer pão de queijo aqui! — criticou Silvia.

— Até que está gostoso. Pão com manteiga também não é nenhuma novidade — retrucou Rebeca, dando uma saborosa mordida no pão de queijo.

— Até em Paris se come pão com manteiga. Não é por isso que se chama "pão francês"?! — brincou a menina.

— Não faça perguntas difíceis, Silvia! — ela riu.

Caminharam mais um pouco até a praia. Rebeca respirou fundo, sentindo o aroma do mar que ela tanto amava. A vista era magnífica. Ficou satisfeita com a escolha do lugar para passarem as férias, tinha acertado em cheio. Arraial era o lugar ideal para renovarem as forças para o ano que se iniciava.

— Poderíamos nos sentar em um quiosque desses, o que acha? — Rebeca perguntou enquanto sentia a suave brisa marítima acariciar o rosto.

— Não sei, vai ver só podemos sentar se formos consumir — alertou a menina.

— Podemos beliscar algo e depois almoçar.

— Você é quem sabe — a menina deu de ombros.

— É melhor, minha filha, não temos guarda-sol e o calor vai apertar lá pelas onze horas.

Enquanto as duas decidiam o que fazer, um garoto se aproximou animado, cumprimentando-as:

— Oi, Silvia.

Rebeca observou o garoto e lançou um olhar curioso para a filha.

— Oi — Silvia respondeu com timidez, embora com uma leve satisfação por reencontrar o garoto bonito da praia.

— Vocês se conhecem de onde? — perguntou Rebeca.

— Olá, senhora, me chamo Guilherme e trabalho aqui neste quiosque. Conheci sua filha ontem. Vocês não querem se sentar aqui para eu atendê-las?

— Claro, que gentileza! — assentiu Rebeca.

Silvia aceitou a decisão da mãe com um sorriso tímido.

Mãe e filha nadaram e aproveitaram para colocar a conversa em dia. Desfrutaram de picolés, bronzearam-se, beliscaram alguns petiscos e depois fizeram o pedido do almoço para Guilherme.

— Que interessante, Silvia, este menino é tão novo e já trabalha, andando de lá para cá, atendendo as mesas.

— Ele disse que trabalha com o pai.

— Acho isso legal, cria responsabilidade. Você não acha? — Rebeca estava admirada.

Silvia fez uma careta.

— Sei lá, mãe, trabalhar nas férias deve ser chato.

Rebeca deu uma risada.

— Olha o peixinho de vocês chegando no capricho! — alertou Guilherme, servindo as duas.

O peixe estava saboroso. Ficaram mais algumas horas curtindo o sol e o mar, até que pediram a conta e se prepararam para ir embora.

— Espero vê-las de novo! — disse Guilherme empolgado.

— Claro! Parabéns pelo atendimento — elogiou Rebeca.

Silvia sorriu, despedindo-se. As duas começaram a caminhar. Guilherme se aproximou de Silvia, e Rebeca, percebendo o interesse do garoto em sua filha, caminhou mais à frente para deixá-los à vontade para conversar.

— Silvia, você não quer dar uma volta hoje à noite?

— Uma volta? Onde?

— Vai ter um som lá na pracinha, perto da Praia dos Anjos. Vai um pessoal legal.

— Tenho de pedir para a minha mãe.

Guilherme passou a mão nos cabelos, procurando argumentos para convencê-la.

— Ela pode ir também.

— Tem certeza? — estranhou Silvia.

— Mais ou menos... Contanto que você venha. — Guilherme apertou os lábios tentando parecer convincente.

— Acho que ela vai deixar eu ir sozinha. — Silvia deu um meio-sorriso.

— Que ótimo! — os olhos dele brilharam. — Aparece aqui na orla lá pelas seis.

— Não vou prometer, mas vou tentar.

— Tudo bem.

Não foi preciso insistir para que Rebeca permitisse o passeio. Havia simpatizado com o garoto do quiosque e achava bom o fato da filha fazer algumas amizades para se divertir. Não queria que Silvia ficasse presa dentro de casa. A cidade era pequena, não havia muito com o que se preocupar. Confiava na filha e, além de tudo, queria passar alguns breves momentos sozinha, para chorar as lágrimas que ainda estavam guardadas.

Com a autorização da mãe, Silvia apareceu na orla no horário combinado.

— Você é pontual — observou Guilherme aproximando-se dela pelas costas.

Silvia, surpreendida, se virou.

— Oi.

— Oi — *o sorriso dele era tão lindo*, pensou Silvia.

Guilherme estava de banho tomado, cabelos ainda molhados, bermuda estampada, camiseta branca, chinelos. O perfume dele era especial, mais do que o que Ian usava. Silvia não teve coragem de perguntar a marca, embora tivesse ficado curiosa. Ela também estava bonita com os cabelos castanhos e compridos em uma trança. Usava um vestido amarelo e uma sandália rasteirinha de miçangas, uma bolsinha de tricô pendurada na transversal.

— Vamos?

— Vamos — assentiu ela. — Não vai mais ninguém?

— A galera vai se encontrar lá.

Caminharam juntos, porém calados durante os primeiros cinco minutos. Guilherme cumprimentava algumas pessoas pelo caminho.

— Você vai ficar até que dia? — Guilherme puxou assunto.

— Não sei ainda, até semana que vem ou um pouco mais.

É um tempo razoável, pensou ele.

— Legal. Está gostando da cidade? — perguntou o garoto.

— É bonita.

— Já conhecia o mar?

— Já, mas faz um bom tempo. A praia que eu costumava ir quando era pequena fica no Espírito Santo — os pensamentos de Silvia vagaram rapidamente por memórias adormecidas.

— Nunca estive lá. Estive em Minas uma vez, em Congonhas, na casa de uns parentes.

— Moro em Belo Horizonte.

— Lá é bonito?

— Sim, algumas partes sim.

O assunto não rendeu. O silêncio voltou a imperar, mas Guilherme não se importou. Estava contente por estarem juntos e isso lhe bastava. Chegaram à praça. Tinha uma pequena feira e restaurantes em volta. Havia algumas barracas de comida na rua e um pequeno palco onde uma banda de *reggae* se preparava para tocar.

— Vem cá — chamou Guilherme pegando gentilmente na mão de Silvia.

Ela se assustou com aquela atitude. Não se lembrava de ter pegado na mão de um garoto antes, bem talvez sim, nas danças de quadrilha das festas juninas do colégio... Mas não daquela forma.

Guilherme conduziu Silvia até um grupo de jovens que conversava animadamente. Silvia soltou a mão de Guilherme ao se aproximarem dos amigos dele.

— E aí, galera, essa é a Silvia, uma amiga minha, veio passar as férias aqui na cidade.

Silvia cumprimentou-os. Ficou introvertida. Alguns a receberam amistosamente, fazendo-a se sentir bem-vinda. Dois ou três não lhe deram a menor bola. Uma das garotas pareceu sentir ciúmes de Guilherme.

— De onde você é? — inquiriu a garota com um pouco de desdém.

— Sou de Belo Horizonte — Silvia respondeu.

— Mais uma mineira? — debochou ela. — Você só traz mineiras para passear, não é, Guilherme?!

Guilherme ficou sem graça. Silvia não deu importância. Não havia percebido o tom de malícia daquele comentário. Ficaram um tempo naquela roda de jovens, ouvindo os casos que um deles contava sobre as aventuras daquele ano letivo que o levaram a ser expulso da escola. Ele era engraçado e fazia uma sonoplastia bem variada para incrementar a história. Silvia ficou a maior parte do tempo calada, ouvindo-o e rindo de suas graças.

Um amor de muitos verões

— Vou ver umas barraquinhas — disse ela depois de um tempo a Guilherme, se afastando.

— E aí, arranjou uma gatinha, hein?! — comentou um rapaz com Guilherme, em particular.

— Ela é bem bonita, não é? — concordou Guilherme.

— Vai rolar uns beijinhos?

— Não sei, estou pegando leve. Ela parece ser legal, não quero estragar tudo. Também nem sei se ela está na minha. Acho que é meio séria — Guilherme analisou.

Silvia olhava com interesse os artesanatos expostos na feira. Pulseiras, brincos, anéis, cangas, colares... Ainda tinha alguns trocados da mesada que Manoel havia mandado para ela por intermédio de Rebeca e quis experimentar uma pulseira e um brinco para combinar. Gostou e resolveu comprar. Deu o dinheiro à vendedora, guardou o embrulho na bolsa junto com o troco. Olhou mais algumas barraquinhas, pois precisava de uma canga, ficou em dúvida entre a amarela e a vermelha. Enquanto ela comparava os dois tecidos, a banda de *reggae* saudou o público e começou a tocar. Silvia se apressou, pois queria curtir o som.

Com a peça em mãos, aproximou-se do palco e ficou balançando o corpo discretamente no embalo das músicas. Guilherme se aproximou.

— Você gosta? — ele perguntou.

— Gosto. Não conheço muitas bandas de *reggae*, para falar a verdade só duas ou três, mas eu gosto — ela dançava discretamente.

— Eu também gosto. Uma vez pensei em fazer parte de uma banda assim, mas não tive coragem de fazer *dreads* em meu cabelo. É meio estranho.

Silvia sorriu.

— Não é estranho, é bem legal. Li uma reportagem sobre isso.

Precisa de cuidados especiais e dá trabalho para manter, mas pra quem gosta vale a pena. Tenho vontade de fazer. Meu pai odiaria — ela deu uma risada. — Mas para uma banda de *reggae* nem todos precisam ter esse cabelo.

— Tem certeza? — era uma pergunta retórica.

Silvia olhou para a banda no palco, os quatro integrantes tinham os tais cabelos de *dread*.

— Pensando bem... — ela sorriu.

Guilherme sorriu de volta e depois de ouvirem algumas músicas perguntou:

— Quer comer alguma coisa?

— Quero — ela respondeu.

Foram até as barraquinhas de comida. Pediram cachorro-quente e refrigerante. Silvia tirou o dinheiro da bolsa, mas Guilherme a impediu.

— Que é isso, eu pago!

— Não precisa — ela recusou.

— É uma "preza".

— Uma o quê?

— Tipo assim, uma gentileza...

— Obrigada — disse ela, inibida.

Eles comeram feito duas crianças. Silvia era sempre exagerada quando o assunto era catchup.

— Cachorro-quente faz a maior sujeira, né?! — disse Guilherme envergonhado pelas manchas de catchup no rosto.

— Mas é bom — respondeu ela, sorrindo de boca cheia, colocando mais um sachê de maionese no pão.

Ela tinha um sorriso lindo, deveria sorrir mais vezes. Guilherme sentia-se cada vez mais interessado e, quanto mais interessado ficava, mais desajeitado se sentia. Não teria coragem de lhe pedir um beijo, não naquela noite. Temia afastá-la, caso ela recusasse o pedido. Queria vê-la de novo e fazer amizade.

Um amor de muitos verões

Foram para perto do palco para continuar ouvindo a banda. Estavam bem próximos um do outro e seus braços se esbarravam à medida que balançavam de acordo com o ritmo. Uma garota inconveniente se aproximou, estragando o clima.

— Oi Gui, abandonou a gente? — disse ela com uma voz artificial, dependurando-se no pescoço do garoto e beijando-lhe o rosto. — Vamos lá ficar com a galera. Estou com saudades. Quem é essa daí?

Guilherme ficou furioso com Mara, sabia que ela estava fazendo aquilo de propósito.

— Me solta! — ordenou ele rispidamente, afastando-a.

— Credo, que bicho te mordeu? — ela ficou surpresa e fez uma careta.

— Não seja mal-educada, Mara, não vê que estou acompanhado? — ele pareceu irritado.

— Você é um grosso! — Mara se afastou pisando duro.

Silvia ficou sem graça e perguntou pelas horas: eram oito e meia.

— Eu tenho de ir embora.

— Mas já? — perguntou Guilherme. — Me desculpe por isso, eu posso explicar.

— Está tudo bem, eu entendi a situação — amenizou Silvia.

— Entendeu?

— Acho que sim. Ela gosta de você.

— Gosta nada! — ele balançou a cabeça. — Ela corre atrás quando me vê com outra para me fazer de otário.

— Você está sempre com outra? — Silvia proferiu aquelas palavras sem perceber e se arrependeu imediatamente por ter perguntado. Aquilo não era de sua conta.

— Sempre não, às vezes... Mas... Você... Quer dizer... — se enrolou o garoto.

— Está ficando tarde, não quero deixar minha mãe preocupada.

— Sim, claro! — disse Guilherme, aliviado pela mudança no rumo da conversa. — Eu levo você.

— Volto sozinha, pode ficar aqui com seus colegas.

— Imagina, claro que eu vou te levar. É bom que fico sabendo onde está hospedada.

Guilherme acompanhou Silvia até a porta de casa. Era uma boa caminhada entre a Praia dos Anjos e a Praia Grande.

— É aqui — ela indicou.

— Legal. Vai à praia amanhã?

— Com certeza.

— A Prainha também é legal, depois vai lá para conhecer — sugeriu o garoto.

— É lá do outro lado, né?

— Sim, as águas são mais quentes que as da Praia Grande.

Ficaram alguns instantes olhando para o mar escuro e ouvindo o barulho do vento chacoalhar os galhos das árvores.

— Obrigada pelo passeio. Seus amigos parecem legais — disse ela.

Guilherme aproveitou a deixa.

— Foi bom você tocar no assunto. Me desculpe pelo que a Sandra falou — pediu ele, com as mãos enfiadas nos bolsos da bermuda. Apoiava um dos calcanhares no chão, girando-o para a esquerda e para a direita enquanto olhava para os pés.

— Quem?

— Aquela menina que ficou falando um tanto de besteiras.

Silvia deu de ombros, sem entender.

— O que ela disse ficou parecendo que eu sou galinha. E depois veio a Mara e...

— Eu nem reparei isso, sério. Achei que era alguma piadinha sobre a mineirada.

Ela sorriu. Ele sorriu de volta, um pouco sem graça. Era melhor não tentar se explicar demais. Guilherme não era bom com as palavras quando estava nervoso.

— Então tá, até amanhã — disse ele.
— Até amanhã — respondeu ela.

BV

Nos dias que se seguiram, Silvia ficou com sua mãe do outro lado da praia e não se encontrou com Guilherme, porém o avistou de longe, indo para lá e para cá na areia, atendendo aos clientes.

— Você não vai lá cumprimentar seu amigo? — perguntou sua mãe ao perceber que Silvia olhava para Guilherme com frequência.

— Vou deixar para mais tarde — resmungou a garota.

Rebeca e Silvia fizeram diversos passeios. Chegaram a ir até Cabo Frio, cidade vizinha, e passaram o dia inteiro passeando na Praia do Forte e na Rua dos Biquínis. Almoçaram em um restaurante na orla, tomaram sorvete, caminharam um pouco e retornaram para Arraial no fim da tarde.

De banho tomado, Silvia tentava assistir à televisão com a imagem chuviscada. Sua mãe tomava banho. A menina a esperava para jantar, pois havia preparado uma macarronada especial, inspirada em uma receita do programa matutino de culinária. Silvia ouviu baterem na porta. Sentiu medo. Quem poderia ser?

— Guilherme?! — surpreendeu-se ela ao espiar pelo olho mágico.

— Oi, sou eu — confirmou ele após ouvir a voz de Silvia.

Ela abriu a porta, sorridente. Ele estava mais bonito e cheiroso do que na noite em que saíram. A essa altura, ela já não pensava mais em Ian. Nos últimos dias, só pensava em Guilherme.

— Como vai? — Silvia o cumprimentou com entusiasmo.

— Tudo bem. Vim ver como você está. Já faz um tempão que nos vimos e logo você vai embora.

Ele parecia meio nervoso.

— Só na semana que vem. Minha mãe resolveu ficar os vinte dias que havia programado.

O garoto ficou satisfeito por ganhar mais alguns dias para tentar conquistar o coração de Silvia. Sabia que não era muito tempo para construir um relacionamento sério, mas o que ele queria mesmo era curtir os dias de verão com aquela gatinha que havia conhecido e que não lhe saía da cabeça.

— Vai ser muito bom você ficar mais alguns dias em Arraial.

— Bom, né?! Também penso assim. A cidade é bonita e ainda não deu tempo de conhecer todos os lugares que eu quero.

— Posso ser seu guia. Conheço esse lugar como a palma da minha mão.

Silvia sentiu um frio na barriga. O olhar daquele garoto era desconcertante e o jeito dele falar tornava impossível recusar a oferta. Guilherme percebeu a maneira como Silvia o admirava.

— Quer dar uma volta? — convidou ele, com um brilho nos olhos.

Silvia hesitou com pesar:

— Não posso, combinei de jantar com minha mãe.

— Silvia, quem é? — perguntou Rebeca se aproximando da porta. — Oh, olá Guilherme, boa noite.

— Boa noite, senhora.

— Não vai convidá-lo para entrar, Silvia?

— Ele veio me chamar para dar uma volta, falei que já temos algo pra fazer juntas.

— Isso não é problema, podemos jantar os três e depois você sai para passear com ele. O que acha, Guilherme?

— Oh, não, senhora, não quero atrapalhar.

— Vamos, entre, Silvia fez uma macarronada imperdível.

Guilherme olhou para Silvia, esperando sua aprovação. Ela sorriu e o convidou para entrar.

— Não espere muita coisa, é a primeira vez que cozinho uma

macarronada. Além disso, peguei a receita na TV, nem sei se me lembrei de todos os ingredientes.

Guilherme perguntou pelo banheiro, e Silvia indicou. Depois que ele lavou as mãos, se juntou à Rebeca, sentando-se à mesa, que já estava arrumada. Silvia colocou mais um prato, talheres e copo, trouxe o refrigerante e, por fim, a macarronada, colocando a travessa no centro.

— Parece maravilhosa — elogiou Rebeca.

— Bom, sirvam-se — disse Silvia, esfregando as mãos, ansiosa pela avaliação dos dois.

Rebeca comeu duas vezes e Guilherme três.

— Estava uma delícia, meu bem — disse Rebeca.

— Realmente muito boa — elogiou Guilherme, com vergonha por ter comido tanto.

Silvia juntou os pratos e talheres, mas sua mãe a interrompeu:

— Deixa isso comigo, vá dar uma volta.

— Tem certeza? — Silvia perguntou à mãe.

— Claro que sim — Rebeca sorriu.

— Vou pegar minha bolsa, Guilherme — informou ela, olhando na direção do garoto.

Ele esperava de pé na sala, andando de um lado para o outro. Aquela situação era inusitada: estar ali, dentro da casa de uma garota, com sua família, sendo tão bem recebido.

— Tem certeza de que não quer ajuda, senhora?

— Me chame de Rebeca, sim? — solicitou a mãe de Silvia.

— Sim, senhora... quer dizer, Rebeca.

Silvia escovou os dentes, passou um brilho nos lábios e pegou sua bolsa. Olhou-se no espelho, parecia faltar alguma coisa. Vasculhou sua bolsinha procurando o delineador, mas o que encontrou foi um embrulho. Tirou de lá a pulseira e os brincos que havia comprado na feirinha. Colocou os brincos rapidamente e seguiu até a sala colocando a pulseira.

— Tchau, mãe.

— Tchau, meu bem, não chegue muito tarde.

Silvia saiu com Guilherme, descendo o alpendre e seguindo pela calçada.

— Aonde vamos? — perguntou ela, pelejando com a pulseira que não conseguia colocar.

— Vamos até o centro dar uma volta e tomar um sorvete?

— Sim, boa ideia.

— Quer que eu ajude a colocar a pulseira?

— Quero, por favor! Já estou perdendo a paciência!

Guilherme sorriu. Ela esticou o pulso, ele pegou cada ponta da pulseira com uma das mãos e deu três nós.

— Está apertada? — ele verificou o tamanho da folga entre o acessório e o pulso de Silvia.

— Não — disse ela.

— Pronto — Guilherme apertou o nó mais um pouco para não ter risco da pulseira se soltar.

— Obrigada.

Caminharam até o centro, que estava movimentado. Nada comparado às grandes cidades, mas estava bem cheio. A maior parte era de turistas, entrando e saindo das pousadas e restaurantes. Silvia gostava de ler as placas dos carros para saber de onde vinham e verificou que havia muitos carros com placa de Belo Horizonte, Contagem, Rio de Janeiro, São Paulo e Brasília.

Sentaram-se em um banco da praça principal.

— Realmente tem muito mineiro aqui — observou ela.

— Eu falei... Mas isso é bom. O turismo gera renda para a cidade e os mineiros são sempre boas pessoas.

— Nem sempre — discordou ela, lembrando-se do pai.

— Pelo menos todos os que eu conheci são.

Ela fez uma careta.

— Isso porque não conheceu o meu pai.

— Você está com raiva dele, é? — deduziu o garoto.

— Você nem imagina o quanto!

— Por quê?

— Nem sei se quero falar sobre isso. Essa história me deixa triste.

Guilherme ficou em silêncio. Silvia resolveu desabafar:

— Ele traiu minha mãe e a deixou para ficar com outra. Já devia ter a tal amante há algum tempo. Um belo dia, ele simplesmente arrumou as malas e foi embora. Mandou que um advogado informasse minha mãe sobre o pedido de divórcio.

— Poxa, que sacanagem!

— Nem me fala! — a menina espalmou as mãos no ar. — Minha mãe ficou mal. Mas agora está melhor.

— Graças a Deus!

A garota fechou os punhos e proferiu:

— Eu o odeio.

Guilherme ficou um pouco tenso ao perceber o quanto ela estava abalada por aquela situação. Ele conhecia muitos casos de famílias desfeitas e os resultados nunca eram positivos. Contudo, pensou que Silvia não poderia guardar aquele rancor todo. Isso também não seria bom para ninguém.

— Não fala assim! — ele tentou apaziguar um pouco.

— Mas é verdade, não aguento nem olhar na cara dele.

— É porque você está magoada, isso passa.

— Tomara! Mas não vai ser a mesma coisa.

— Você tem de tentar perdoar. Não é bom ficar guardando mágoa das pessoas, ainda mais do seu pai. Depois ele morre, aí você vai ficar cheia de remorso.

Silvia arregalou os olhos e arrepiou só de pensar naquela possibilidade.

— Credo! Vira essa boca pra lá — ela fez uma careta.

— Estou falando sério — ele reforçou. — Foi o que aconteceu

com meu pai. Brigou com o pai dele e ficaram um tempão sem se falar. Depois meu avô adoeceu e faleceu. Meu pai ficou arrasado. Nem se lembrava direito o motivo da briga.

A menina ficou emocionada.

— Que triste.

— É sim — ele suspirou.

Silvia ficou impressionada com aquela história. Nunca considerou a possibilidade de perder o seu pai. Talvez por isso tenha ficado tão arrasada com o divórcio. Pensar nisso a fez querer saber mais sobre a vida de Guilherme.

— Você mora com seus pais? — perguntou ela.

— Só com meu pai. Minha mãe já morreu.

— Sério? Foi mal perguntar.

Ela ficou ainda mais emocionada. Se Silvia perdesse sua mãe, aí sim seria uma tragédia incomensurável. Ela não podia nem pensar numa coisa dessas. Amava tanto a mãe e eram tão próximas! Não sabia como viver sem ela. Guilherme percebeu o quão emotiva ela ficou e tentou suavizar o clima.

— Eu era pequeno, já faz um tempo. Meu pai está namorando, talvez se case com a Dora, eles se dão muito bem.

Silvia abriu um sorriso terno, alegre porque o pai dele estava conseguindo ser feliz de novo. Ela desejava o mesmo para a sua mãe, pois queria que Rebeca fosse amada novamente e pudesse voltar a ser feliz. Silvia sabia que a felicidade não se resume a ter um relacionamento, mas sabia também que o casamento é uma parte importante na vida de alguém que anseia por isso.

— Quer um sorvete? — ofereceu Guilherme.

— Quero, mas deixa que eu pago o meu.

— Deixa de marra, quero ser gentil.

—Não se preocupe, não é um encontro.

Guilherme fitou os olhos dela.

— Ah não?! Então, o que é que estamos fazendo? — disse ele atravessando a rua.

Silvia sentiu a ficha cair. Guilherme estava interessado nela. Seu coração disparou e ela sentiu um frio na barriga. Quando ele voltou com os sorvetes, ela já havia pensado em mil respostas para acabar com qualquer esperança que o garoto tivesse de beijá-la. Mas, ao invés disso, após agradecer pelo sorvete, perguntou:

— Quantos anos você tem?

— Dezessete. E você? — ele falou.

— Quinze.

Ela ficou bastante séria. Ele continuava com seu sorriso maroto.

— Não é uma diferença muito grande.

— Não estava pensando nisso — ela disfarçou.

— Vem, vamos andar mais um pouco até à praia.

— Qual praia?

— Dos Anjos.

Silvia hesitou:

— Seus amigos estarão lá?

Guilherme deu de ombros.

— Não sei, mas não precisamos nos encontrar com eles.

— Como se o lugar fosse imenso! — ironizou ela, revirando os olhos.

— Podemos passar por trás, sem cruzar a pracinha, já estaremos na praia — disse ele fazendo gestos para indicar o caminho.

— Eu prefiro caminhar mais um pouco e voltar para a Praia Grande.

— Não gostou muito da galera, não é?

— Acho que foram eles que não gostaram muito de mim. Pelo menos alguns. Você parece ser muito disputado entre as mulheres.

Ele riu, passando a mão pelos cabelos.

— Que nada! Fala isso porque me viu esnobando a Mara. Mas a verdade é que eu sofri muito por causa daquela garota. Ela partiu meu coração. Eu a venerava e ela me traiu. Todo mundo sabia que eu era o maior chifrudo, menos eu. Fiz papel de otário.

— Esquece isso!

— Já esqueci, de verdade. Só não quero mais papo com ela. Ela vive a vida dela pra lá, não temos mais nada a ver um com o outro.

— Que bom. Você mesmo disse que não é bom guardar rancor das pessoas.

— Pois é... É a verdade. Mas não é fácil.

Caminharam algum tempo conversando e chegaram à Praia Grande. Silvia estendeu a canga que levava na bolsa e sentaram-se.

— É tão bonito! — admirou ela ao vislumbrar as ondas quebrando na areia.

— Eu também acho. Trabalho aqui todos os dias e não me canso de olhar para essa paisagem.

Ficaram um longo tempo admirando a escuridão do mar e as luzes que o pontilhavam vindas dos barcos de pesca.

— Você já trouxe outras garotas aqui?

O que deu em mim para fazer essas perguntas? Estou maluca?, pensou ela. As palavras pareciam ter vida própria, pois ela não costumava ser tão direta assim.

— Não... — ele vacilou.

— Nunca? — Silvia indagou, incrédula.

— Bem, às vezes, pois a cidade não tem tantas coisas assim para se fazer.

Ela virou o rosto, sentindo ciúmes. Guilherme tocou com delicadeza o queixo da garota, virando o rosto dela em sua direção.

— Qual é, Silvia, não sou esse cara que você está pensando.

— Eu não estou pensando nada — ela mentiu.

— Está sim. Acha que cada dia eu estou com uma garota diferente. Não tenho essa bola toda.
— Para! Eu não falei nada disso! Você está colocando palavras na minha boca.
— Eu gosto de você — revelou ele de repente.
Silvia corou. Nunca nenhum garoto havia dito aquilo para ela.
— Você é linda! — ele acariciou seus cabelos.
Silvia sentiu-se nervosa, não sabia o que fazer. Um sentimento estranho invadiu o seu coração. Era uma sensação boa e inédita. Ao mesmo tempo, a experiência nova trazia também a insegurança.
— Guilherme, é melhor eu ir...
— Deixa eu te beijar?
Ela sentiu um choque percorrer o seu corpo. Nunca havia beijado antes. Não daquele jeito. Havia dado um selinho em um garoto da sua vizinhança uma vez, e só.
— Eu... não sei — ela sussurrou.
— Não sabe se quer?
— Não sei como se faz.
Ele se espantou.
— Me desculpe, eu não fazia ideia.
— Tem algum problema eu ser BV? — Silvia perguntou.
— BV?
— "Boca virgem", é como falam lá na escola — ela falava sem olhar para ele. Seu rosto queimava de vergonha.
Ele soltou uma breve gargalhada. Depois ficou sério de novo.
— Não tem problema, só não quero que você faça algo que não esteja a fim.
— Eu quero — confessou ela, sem pensar muito.
— Quer?
— Hum-hum — ela sussurrou.
Ele aproximou seu rosto do dela. Silvia sentiu o braço dele ao redor de sua cintura. Guilherme encostou seus lábios nos dela e a

beijou. Ela fechou os olhos e correspondeu. Ele abriu levemente a boca, movimentando a língua. A menina o imitou. Logo estavam em sincronia. Tudo parecia estar em câmera lenta. Guilherme era carinhoso. Tocava o rosto e os cabelos de Silvia, abraçava-a de um jeito gostoso. Ela sentia-se apaixonada.

Ficaram abraçados por um tempo trocando beijos e afagos. Estavam em silêncio. Não era preciso dizer nada. Entendiam um ao outro apenas pelo olhar e pelo toque. Era como se já se conhecessem há meses. Silvia repousou a cabeça no ombro do garoto e ele podia sentir o perfume de camomila de seus cabelos longos.

Guilherme percebeu que Silvia estava com frio. Ela tremia. O jovem passou o braço pelos ombros dela, aconchegando-a ainda mais contra o seu corpo.

— Você está com frio, né?!

— Está ventando — Silvia justificou. — Também não posso voltar muito tarde.

— Vamos, vou te levar pra casa.

Fizeram o caminho de volta de mãos dadas. Silvia descobria como era bom sentir os dedos dele entrelaçados aos seus. Nenhum dos dois queria se despedir, mas aquele momento era inevitável.

Ele a deixou na porta do sobrado onde ela e a mãe estavam hospedadas. Os olhos dele brilhavam de satisfação. A noite tinha sido fantástica.

— Te vejo amanhã? — perguntou Guilherme.

— Sim — disse ela —, passarei pelo seu quiosque para dar um alô quando chegar à praia.

— Ótimo. Até amanhã, então — ele a beijou mais uma vez antes de partir.

— Até — Silvia suspirou enquanto o garoto se afastava com um aceno.

Ambos, em suas respectivas camas, pensavam um no outro, idealizando mil coisas românticas, um amor eterno e uma felicidade duradoura. Guilherme queria ver Silvia mais uma vez. Precisava estar com ela e aproveitar o tempo que passaria em Arraial. Sabia que a garota iria embora, mas não queria pensar nisso naquele momento.

Silvia também estava ansiosa pelo dia seguinte. Tudo o que mais queria era encontrar Guilherme outra vez, queria seus beijos e seus abraços. Aquela tinha sido a melhor noite de sua vida.

Ao adormecer, sonharam com momentos de felicidade juntos. O sonho de Silvia parecia mais um filme de amor, enquanto o de Guilherme tinha uma pitada de erotismo. Era daqueles sonhos em que a pessoa sabe que está dormindo e, de tão bom, não quer acordar depressa.

PIQUENIQUE

No dia seguinte, durante o café da manhã, Silvia parecia mais alegre do que de costume e a mãe logo percebeu.

— O que aconteceu ontem à noite para você estar tão alegrinha? Silvia se livrou do sorriso e ficou séria.

— Nada.

— Sei. Acho que você está gostando desse garoto.

— Ele é bonito e gentil.

— É verdade. Mas não se esqueça de que vamos embora em alguns dias.

— Eu sei, mãe, não precisa cortar o meu barato — Silvia revirou os olhos.

— Só não quero que você sofra — Rebeca mordeu o lábio inferior e levou a xícara à boca.

— É só um namorico de verão, mãe — a menina deu de ombros.

— Então, aconteceu alguma coisa?! — Rebeca riu.

— Sim — Silvia sorriu, entusiasmada —, nós nos beijamos.

Rebeca olhou para ela, sentia-se contente por Silvia estar feliz e ao mesmo tempo surpresa ao ter a certeza de que a filha não era mais uma criança.

Quando chegaram à praia, Silvia passou pelo quiosque de Guilherme, mas não o avistou. Ficou um pouco decepcionada e tentou não demonstrar. Ela e a mãe foram caminhar pela orla, como faziam quase todos os dias. Caminhavam juntas o mais distante que conseguiam e depois retornavam, já bem cansadas e suadas, o que facilitava o mergulho nas águas geladas da Praia Grande.

Estenderam as cangas e sentaram-se na areia para tomar sol. Rebeca já estava com o corpo bastante avermelhado e não se arriscaria até o sol de meio-dia.

— Vou embora lá pelas onze, meu bem, você pode ficar até a hora que quiser, deixo o dinheiro do almoço com você.

Ao contrário, Silvia estava com um belo bronzeado e marquinhas de biquíni. Preocupava-se pouco com isso, bem menos que a mãe. Rebeca passava "zilhões" de cremes diferentes dentre bloqueadores e bronzeadores. Silvia mal passava o seu protetor solar, tendo sempre de ser lembrada pela mãe sobre os riscos que o sol poderia causar.

Silvia, involuntariamente, olhava para trás e para os lados, procurando Guilherme. Era muito estranho ele ainda não ter chegado. *Justo naquele dia, ele estava atrasado? Pior seria se ele nem aparecesse.* Silvia sentiu-se insegura. *Será que ele realmente queria vê-la de novo ou havia falado aquilo só para disfarçar?* Talvez não tivesse gostado dela, nem de beijá-la. Talvez ela beijasse muito mal. Mas não podia ser! Tinha sido tão bom aquele momento em que ficaram juntos na noite anterior. Será que ele sentira-se bem como ela?

Às 11 horas, Rebeca voltou para casa. Silvia pensou em ir com ela. Sentia-se frustrada. Mas decidiu ficar mais um pouco ao lembrar que em casa não teria nada para fazer, a não ser ver o noticiário e as novelas repetidas da tarde.

Deitou-se e cobriu o rosto com um chapéu que sua mãe lhe emprestara. O céu estava limpo, mas o sol não estava muito forte. Acabou cochilando e, sem saber por quanto tempo estava naquela posição, se sentiu confortável e relaxada ouvindo o som das vozes das crianças que brincavam por perto. De repente, alguém levantou o chapéu do seu rosto.

— Vai rachar no sol desse jeito, mineira!

Silvia se assustou e abriu os olhos, os raios solares vieram direto em seu rosto e ela levou a mão à testa, fazendo uma viseira. Foi quando viu o sorriso lindo de Guilherme.

— Oi, Guilherme, bom dia! — ela se sentou.

— Demorei, né? — ele perguntou, agachando-se.

— Achei que não viesse — confessou ela.

— Tive de ajudar meu pai numas coisas. Justo hoje ele me deu um tanto de tarefas. Sabe como é, né?! Não tinha como dizer não.

— Claro, ele precisa de você.

— Quase morri de saudade.

Silvia sentiu um calor no coração, não conseguia esconder o sorriso.

— Em compensação, consegui a tarde de folga. Podemos ficar juntos.

— Aqui na praia?

— Onde você quiser.

Ela enrolou os cabelos, prendendo-os em um rabo de cavalo.

— Eu estou com fome, na verdade. Você já almoçou?

— Não, ainda não. Vamos almoçar no quiosque?

Silvia ficou sem graça.

— O que é, não gostou da comida? — Guilherme quis saber, ao perceber que ela não havia gostado muito da ideia.

— Não é isso. É que minha mãe não me deu dinheiro suficiente. No seu quiosque é um pouco mais caro do que o que estava planejado.

— Quem disse que precisamos pagar? Meu pai é o dono, esqueceu?

— Não, Guilherme, claro que não. Não vou comer de graça no restaurante de seu pai de jeito nenhum — ela enfatizou.

— E por que não?

— Nao é certo eu ficar me aproveitando.

Um amor de muitos verões

— Acha que um prato de comida vai nos dar prejuízo? Claro que não!

— Tenho vergonha, não dá.

O garoto balançou a cabeça, discordando do pensamento dela. Pensou um pouco e sugeriu outra opção:

— Então já sei, vou pegar uma cesta, colocar o almoço e podemos fazer um piquenique lá nas dunas, o que acha?

Silvia gostou da ideia, mas ficou relutante.

— Vamos, Silvia, deixa de marra.

— Tudo bem, mas você me deixa pagar o refrigerante.

— É justo!

Guilherme pegou a cesta com o almoço e caminharam juntos em direção às dunas, até se afastarem do aglomerado de pessoas. Silvia estendeu a canga por cima da vegetação rasteira e sentaram-se. Guilherme os serviu, Silvia abriu o refrigerante. Comeram juntos enquanto conversavam.

— Está gostando de Arraial? — ele perguntou.

— Sim, muito.

— Por minha causa ou por causa do lugar?

Silvia ficou corada e desviou os olhos.

— Responde! — insistiu Guilherme.

— Os dois.

Ele ficou contente com a resposta e lançou outra pergunta:

— Você já namorou antes?

Silvia ficou séria.

— Eu te disse ontem que nunca tinha beijado ninguém.

— Eu sei, só estava conferindo.

— Conferindo?

— Você beija bem para uma... Como é mesmo? BV? — ele riu.

— Está me deixando sem graça.

— Quando vai me beijar de novo como ontem? Nem dormi pensando nisso.

— Até parece!
— É verdade!
— Bom, talvez depois que escovarmos os dentes.
Ele soltou uma gargalhada.
— Ou então depois de uma barra de chocolate como essa — mostrou ele, tirando uma da cesta.
— Uau! — ela sorriu. Amava chocolates, apesar de aquele parecer estar bem derretido.

A comida estava boa, mas Silvia decidiu não comer em excesso, já que a intenção era passar a tarde com Guilherme. Terminaram e guardaram as coisas, sem deixar qualquer lixo para trás. Permaneceram sentados mais um pouco. Guilherme abriu o chocolate e deu a Silvia. Ela pegou um pedaço, sujando seus dedos. Comeram até se fartar. Silvia limpou a boca e lambeu o chocolate dos dedos.

— Como estava?
— Meio salgado — disse ela, sorrindo.
Guilherme a olhou, sério.
— Seu sorriso é lindo!

Ela sorriu mais uma vez, enrubescida, desviando os olhos. Ele se aproximou dela e a beijou. Depois se aproximou mais, abraçando-a. Ela também o abraçou e continuaram se beijando. Guilherme a trouxe para perto, encostando as costas dela em seu peito. Então, a abraçou carinhosamente. Silvia sentiu um frio na barriga. Não sabia até que ponto aquela posição era apropriada para garotas da sua idade, mas não havia ninguém olhando e, na verdade, ela sentia-se muito bem.

— Não sei o que vou fazer quando você for embora. Só de pensar que terei de esperar até o outro verão para te ver de novo já começo a pirar — declarou o garoto.

— Também vou sentir saudades. Essa cidade é demais! As paisagens aqui são tão bonitas! Dá vontade de me mudar para cá

— São ainda mais bonitas lá do Pontal do Atalaia.

Ela riu, sem entender muito bem.

— Pontal do Atalaia?

— Não conhece o Pontal? — a voz dele soou um tanto quanto exagerada.

— Não — ela deu de ombros, balançando a cabeça negativamente.

— Não acredito! Preciso te levar lá, tenho certeza de que você nunca viu nada mais bonito.

— Onde é?

— Aqui mesmo em Arraial.

Silvia se virou e olhou nos olhos dele, retomando a ideia central da conversa.

— Quem disse que eu voltarei aqui no próximo verão?

— Eu disse. Você precisa voltar!

— Até lá, você já vai estar namorando outra.

— E você também.

— Talvez sim... Talvez não — brincou ela.

— E daí? Em dezembro a gente termina, para termos o janeiro livre.

— Eu nem sei se minha mãe vai me trazer aqui de novo.

— Pede de Natal, aniversário, Páscoa, Dia das Crianças... Tenho certeza de que você conseguirá convencê-la.

Silvia ficou em silêncio. Não queria pensar no dia de ir embora, mas gostou do jeito que ele falou, fez com que ela se sentisse amada.

— Me leva lá, então — pediu a menina.

— Ao Pontal do Atalaia? Mas é claro que eu vou te levar, palavra de honra — Guilherme apertou os dedos na palma da mão e socou o peito. — Antes, vamos dar um mergulho?

— De barriga cheia? — estranhou a menina.

— Qual é o problema? — ele franziu o cenho em uma careta engraçada.

— Faz mal, não?
— Quem disse?
— Minha mãe.
— Nunca ouvi falar disso. Além do mais, já comemos faz um tempão.

Silvia aceitou o convite, deixando suas superstições de lado. Ou seria algum tipo de conhecimento científico? Ela não queria saber. Estava muito mais interessada naquele garoto do que em qualquer recomendação que alguém lhe pudesse fazer naquele momento.

A água estava gelada, mas logo se acostumaram. Nadaram juntos, pularam ondas, correram um atrás do outro, brincando. Voltaram para a areia correndo e ela se enrolou na toalha, tremendo de frio.

— Me dá uma beirada — disse ele, sentando-se ao lado dela.

Silvia abriu os braços com a toalha como um morcego e o abraçou. Guilherme se aconchegou ao corpo dela e um esquentou o outro.

Quando o sol já havia os aquecido bastante, decidiram voltar para a sombra. Guilherme deitou-se no colo dela. Silvia alisou seus cabelos, admirando-o.

— Eu gosto de você, Silvia, de verdade.
— Eu também.
— Você acredita em mim, não é?
— Acredito sim.
— Vou tentar ir a Belo Horizonte te visitar.
— Promete?
— Não posso prometer, mas vou fazer o possível. Depende da grana e de meu pai conseguir pessoas para me substituir.
— Tudo bem, eu entendo.
— Mas vou tentar. Nem que seja para ir num dia e voltar no outro.

Ela sorriu. Estava feliz com aquelas juras de amor.

— Você podia morar aqui. Nos veríamos todos os dias — desejou ele.

— Um dia, eu posso vir para ficar pra sempre. Quando eu ficar mais velha, quem sabe?!

— Eu serei o cara mais feliz do mundo.

Para aqueles jovens, não parecia ser difícil sonhar. Era como se a vida fosse um livro com páginas em branco prontas para serem escritas por eles. Onde poderiam escrever lindas histórias, aventuras, versos de amor. Sentiam como se tivessem a eternidade pela frente. A morte não fazia parte da visão. Para eles existia apenas vida, amor e liberdade.

Silvia nunca havia se sentido tão feliz.

— O que você quer fazer quando se formar na escola? — ela perguntou, curiosa.

— Com certeza, vou trabalhar com meu pai durante um bom tempo, mas penso em abrir meu próprio restaurante — Guilherme respondeu.

— Sério? — admirou a garota.

— Sim.

— Onde?

— Aqui em Arraial. Penso em fazer alguns cursos no Rio de Janeiro, na área de cozinha... É só um sonho.

— É um sonho fantástico.

— Acha mesmo?

— Claro que sim e de certa forma você está aprendendo lá no quiosque do seu pai.

— É, eu estou. Mas lá eu fico mais de garçom, não entro muito na cozinha.

— Mas você ajuda a fazer as compras e administrar o negócio?

— Sim, com certeza.

Silvia jogou o corpo para trás, apoiando as mãos na areia.

— Eu assisti na televisão uma reportagem sobre restaurantes bem conceituados no mundo todo.

— Me conta — pediu ele interessado, levantando-se e virando-se de frente para ela.

— É muito mais trabalhoso do que eu imaginava. Não é só cozinhar e montar o prato bonitinho numa louça chique. Tem todo um trabalho para organizar e manter o estoque, um monte de regras que devem ser seguidas. Tem de ter fornecedores honestos e que ofereçam produtos de procedência garantida, e o mais difícil parece ser encontrar bons funcionários, tipo assim, montar uma equipe bacana para trabalhar no restaurante. Além da comida, conta o ambiente, o atendimento, a apresentação e a temperatura dos pratos, o tempo de espera para o pedido do cliente chegar... É um trabalho muito interessante.

— Eu tenho mais ou menos uma noção, mas ainda preciso aprender muita coisa.

— Você tem tempo.

— Mas é só um sonho — ele abraçou os joelhos, pensativo.

— Mas é possível.

— Tem de ter dinheiro para investir.

Ela esticou as pernas e cruzou-as uma sobre a outra.

— Vai juntando. Não gasta todo o seu salário, faz uma poupança e coloca um pouquinho todo mês. Eu recebo uma mesada do meu pai e estou fazendo isso.

— Uma poupança? — ele apertou os olhos, ouvindo-a com atenção.

— É, senão acabo gastando o dinheiro todo e, às vezes, gasto com bobagens.

Guilherme estava analisando aquelas informações que Silvia lhe dava, eram ideias importantes. Ele ficou interessado em assistir reportagens como aquela que ela tinha contado.

— Será que vai repetir esta reportagem que você assistiu? — ele perguntou.

— Não sei, eu estava trocando de canal e acabei parando na hora em que estava passando. Mas talvez na internet você encontre. Deve ter muitos sites sobre esse assunto de montar empresas, gastronomia, restaurantes, turismo — disse ela.

— Na internet?

— Sim.

— Eu não uso muito, mas tem uma *lan house* lá perto de casa, um dia desses vou até lá para pesquisar.

Ele ficou pensativo. Silvia observava o rosto lindo daquele garoto. Queria poder ajudá-lo a realizar todos os seus sonhos. Ele percebeu que ela o olhava e olhou para ela também. Silvia sorriu.

— Vai me levar no Pontal hoje?

— Você ficou curiosa, hein! — disse ele.

— Fiquei.

— Precisamos esperar o sol baixar um pouco. Nesse caso, é melhor ir para casa, tomar um banho e pegar a máquina fotográfica. Podemos sair lá pelas cinco e meia.

— Pode ser.

Levantaram-se, limpando a areia do corpo. Silvia enrolou-se com a canga, Guilherme pegou a cesta. Passaram pelo quiosque e ele deixou suas coisas lá. Depois a acompanhou até a porta de casa.

— Te pego aqui, às cinco e meia.

— Combinado — ela concordou.

Guilherme a beijou com um selinho e se foi. Silvia entrou em casa. Rebeca estava deitada no sofá, assistindo a uma novela.

— Oi, mãe.

— Oi, meu bem. Almoçou?

— Sim. Toma o troco.

— Mas o que você comeu, afinal? Sobrou muito dinheiro.

— Eu almocei com o Guilherme, fizemos um piquenique na praia. Ele trouxe a comida e eu paguei o refrigerante.

— Então, ele apareceu? Que bom.

— Ele me convidou para dar um passeio hoje à tarde num lugar chamado Pontal do Atalaia.

— Ouvi dizer que lá é muito bonito. Se valer a pena, você me leva lá também.

— Sim, é claro mãe.

— Não esquece a máquina para tirar fotos — Rebeca voltou a olhar a televisão.

— Certo, mãe. Vou tomar banho, descansar um pouco e me arrumar.

Silvia tomou banho e lavou os cabelos. Seus fios eram compridos, levemente cacheados. Sempre desejou tê-los lisos como os de suas primas, achava-os lindos, mas conformava-se com os seus.

Perfumou-se e passou um hidratante. A pele ardia em alguns pontos e as maçãs do rosto estavam levemente avermelhadas, como um *blush* natural. Escolheu um de seus vestidos, organizou sua bolsinha de tricô e decidiu passar um brilho nos lábios. Nada mais. Não tinha muito costume de usar maquiagem, somente quando ia a festas. Além disso, acreditava que praia e maquiagem definitivamente não combinavam.

Foi até a sala esperar por Guilherme. Sentou-se ao lado da mãe para assistir TV.

— Amanhã ficaremos só nós duas — disse Silvia.

— Não se preocupe comigo, meu bem, quero que você se divirta — Rebeca tranquilizou-a.

— Mas eu também quero ver você se divertir.

— Não vim para me divertir, vim para descansar e estou fazendo isso muito bem.

— Só não quero que você pense que estou deixando-a sozinha por causa de um garoto.

— Não há nada de errado nisso, meu bem. Você é jovem e está apaixonada. Deve curtir esse momento. Só quero que tenha juízo.

— Claro, mãe, eu sei disso.

— Sabe mesmo? — inquiriu Rebeca, desviando os olhos da televisão para encarar a filha.

— Sei.

— Apenas não dê liberdade a esse garoto, meu bem.

— Eu sei, mãe — Silvia sabia que a mãe queria o seu bem, mas aquela conversa a deixava nervosa.

— Sabe na teoria, mas quando estamos apaixonadas esquecemos as coisas.

— Eu não vou me esquecer. Sei que não tenho idade para essas coisas de sexo.

— Que bom que sabe. É muito ruim quando apressamos as coisas para as quais não estamos preparados. Tudo tem seu tempo.

Às cinco e meia, a campainha tocou.

— Vá atender, meu amor. Diga *olá* a ele por mim — solicitou Rebeca.

Silvia beijou a mãe no rosto, se despedindo.

— Vá com Deus, filhinha, juízo.

Silvia abriu a porta e Guilherme abriu um sorriso.

— Vamos?

— Sim.

— Pegou a máquina? — alertou ele.

— Ai, não, me esqueci! — exclamou ela, colocando as mãos na cabeça — Só um instante.

Silvia correu até o quarto e pegou a máquina.

— Aqui está — disse ela, retornando.

Saíram pela calçada, de mãos dadas, caminharam uma distância moderada e quando chegaram na entrada que dava acesso ao Pontal, Silvia já sentia-se cansada. Ela não estava acostumada a andar muito, embora estivesse praticando com a mãe todas as manhãs. Ao olhar o caminho à sua frente quase desanimou.

— Ainda falta muito? — perguntou ela.
— Um pouco. Temos de subir agora.
— É sério?

Guilherme devia ter imaginado aquela situação. Era mesmo uma ladeira muito íngreme. Neste instante, um colega buzinou, cumprimentando-o. Ele assobiou para que o rapaz parasse.

— Espere aqui — disse ele à Silvia.

Guilherme se aproximou da janela do motorista.

— E aí, Cristiano, tudo bem?
— Tudo massa! Vai à festinha da Gabi hoje?
— Não, tenho outros planos. Puxa, cara, me quebra um galho?
— Que foi?
— Está vendo aquela garota ali? — disse ele, apontando para Silvia.

O rapaz virou o rosto para observar a menina.

— Gatinha, Guilherme. Se deu bem!
— Prometi que a levaria lá em cima no Pontal, mas não me dei conta de que nem todo mundo tem a nossa disposição de subir a pé até lá.
— Quer uma carona? Claro! Sem problema. Entra aí. Só não posso ficar esperando, tenho ainda algumas entregas a fazer.
— Pô, cara, está ótimo! Descer será bem mais fácil.

Guilherme chamou Silvia, que se aproximou.

— Esse é um amigo meu, vai nos dar uma carona até lá.

Silvia teve medo de entrar no carro daquele estranho.

— Ele só vai nos deixar lá, confia em mim.

Cristiano achou graça na desconfiança da garota. Guilherme abriu a porta e levantou o banco do carona para que Silvia pudesse se sentar no banco de trás. Ela entrou tímida e cumprimentou o motorista. Guilherme baixou o banco devagar e sentou-se na frente, fechando a porta. Cristiano deu marcha à ré e entrou pelo caminho do Pontal. Os dois garotos conversaram qualquer trivialidade. Logo chegaram ao topo e Silvia já estava deslumbrada com tudo o que via. Cristiano parou o carro. Outras pessoas também estavam ali, apreciando a paisagem e tirando fotografias. Guilherme desceu do carro, levantou o banco e deu a mão à Silvia, ajudando-a a descer.

— Valeu, Cristiano. Quebrou um galhão! — Guilherme agradeceu.

— Obrigada — disse Silvia.

— Não foi nada, a gente se vê — despediu-se o motorista.

Silvia nunca tinha visto nada tão belo, Guilherme estava certo. O relevo atingia uma altitude mais elevada do que o centro da cidade. Muitas casas bonitas foram construídas ao longo do caminho até o topo, mas uma especificamente chamara a atenção de Silvia. Entretanto, a vista da paisagem natural era muito mais bela. Da beirada das rochas descia um despenhadeiro que caía direto no mar, que, por sua vez, se estendia de forma ampla com suas águas azuis e verdes por todos os lados, até a linha do horizonte. O céu ainda estava azul, mas o sol começava a descer de seu curso. Duas ilhas, uma maior que a outra, ficavam bem perto, mas não pareciam ser habitadas. Uma delas era conhecida como "Ilha dos Franceses". A vegetação por ali era composta por gramíneas e alguns tipos de arbustos. Via-se também muitos cactos, bromélias e algumas árvores de médio porte.

— E aí, o que achou? — perguntou Guilherme.

— É lindo! Maravilhoso!

Ela sorria, andando de um lado para o outro, tirando fotos de vários ângulos.

— Dá aqui, deixa eu tirar uma foto sua — disse ele, pedindo a máquina.

Ela entregou a ele e fez pose. Foi uma bonita foto. Ele tirou mais algumas dela, ela tirou dele e pediram a um senhor que batesse uma foto dos dois.

— Essa eu vou querer uma cópia — disse ele.

Ela sorriu, concordando. Em seguida, Guilherme apontou.

— Está vendo aquela casa?

— Sim, é a mais bonita de todas — afirmou Silvia.

— Sempre tive o sonho de morar nela. Um dia ainda vou ter dinheiro para comprá-la.

— Se é que um dia ela vai estar à venda — ela apertou os lábios, incrédula.

Ele caminhou alguns passos mostrando os detalhes para a garota.

— Veja como ela tem vista para os dois lados.

— É mesmo, não tinha reparado, dá para ver o outro lado do litoral daqui — ela esticou o pescoço para ver a paisagem.

— Lá é o leste, e para esse lado o oeste — ele apontava com o braço estendido. — Daqui a pouco veremos o sol se pôr, mergulhando no oceano.

Silvia levou a mão ao queixo, franzindo a testa, pensativa.

— Curioso. Se pararmos para pensar, o litoral do Brasil fica no leste, como dá para ver o sol se pôr mergulhando no mar?

— Aula de Geografia? — ele deu um sorriso sorrateiro.

— Eu amo Geografia. Vou olhar no mapa depois. Provavelmente é a posição de Arraial, onde a parte do continente em que a cidade se localiza deve adentrar o oceano Atlântico e fazer uma espécie de curva, abraçando o mar. Por isso tem água dos dois lados. Muito interessante.

— Arrasou! Até eu vou olhar o mapa depois e confirmar essa sua explicação. Fiquei curioso.

Ela olhou mais um pouco a casa que ele havia mostrado.

— Queria morar ali com você, se algum dia nos casássemos — ela pensou alto, imaginando como a vida seria boa.

Guilherme entrou na onda:

— Eu deixarei a decoração por sua conta.

Um amor de muitos verões

— Deve fazer muito frio à noite, né?

Ele a abraçou, curtindo aquele papo.

— Podemos construir uma lareira.

— Talvez já tenham uma.

— Qual janela você escolheria para ser a do nosso quarto, a que dá vista para o leste ou para o oeste?

Silvia pensou.

— Seria bom ter o sol todas as manhãs iluminando o quarto, mas acho que ainda melhor seria ver a imensidão do mar deste lado. Acho que prefiro a do oeste.

— Eu também.

Ficaram ali, namorando, fazendo planos, tirando fotos. Depois se sentaram em uma pedra e, abraçados, em silêncio, observaram o céu ganhar um tom alaranjado e o sol, lentamente, dar seu mergulho no oceano até desaparecer. Algumas pessoas bateram palmas, ovacionando aquele espetáculo da natureza. O céu se tornou mais escuro.

— Minha mãe vai amar vir aqui — disse ela.

— Com certeza. Não há quem não ame — Guilherme concordou.

Quando desceram a ladeira para voltar para casa, ela esticou as pernas, alongando-as.

— Não está acostumada a andar tanto assim, né?

— Na verdade não — disse ela —, mas valeu a pena.

— Traga sua mãe depois, podem vir de táxi.

— Vou trazer sim, ela não pode perder isso.

O garoto colocou as mãos no bolso, pensando em alguma coisa para fazerem juntos e prolongar aquela noite mais um pouco. Não queria que Silvia fosse para casa tão cedo.

— Está com fome? — ele perguntou.

— Ainda não. Me abarrotei com aquela barra de chocolate que você me obrigou a comer — brincou ela.

— Quer ver onde eu moro?

— Quero. É longe?

— Deixa de preguiça! — disse ele, pegando na mão dela e a puxando.

Chegaram em frente a uma casa relativamente grande, com um muro alto e um portão escuro. Guilherme abriu o portão e a convidou para entrar. A área da frente era grande e a garagem cabia três ou até quatro carros. O jardim estava praticamente morto, restando apenas alguns resquícios de grama maltratada. Guilherme abriu a porta de vidro que dava acesso à sala, era uma porta antiga, com vidros foscos e coloridos. Ele acendeu a luz, abriu as janelas e mostrou os cômodos, a cozinha, o banheiro e o quintal.

— Estou doido por um cachorro bem grande, este quintal será ótimo para criar um — comentou ele.

— Eu gosto de cachorros, mas não temos um lá em casa. O prédio em que moramos não permite.

— Que pena.

Guilherme serviu água para ela.

— Onde é o banheiro mesmo? — Silvia perguntou.

Ele indicou o caminho. Quando Silvia saiu, o garoto a esperava com um copo de refrigerante bem gelado.

— Obrigada.

— Vem, deixa eu te mostrar o meu quarto.

Ele acendeu a luz e abriu a janela, que tinha uma tela de *nylon* para impedir a entrada de mosquitos. No quarto também havia um armário, uma escrivaninha, alguns pôsteres de personagens de quadrinhos e uma cama.

— Até que está bem organizado. Pensei que garotos fossem mais bagunceiros. — Ela sentou-se na cama. — Importa se eu tirar minhas sandálias, meus pés estão doendo um pouco.

— Claro que não.

Guilherme sentou-se ao lado dela, mostrando alguns CDs que mais gostava e o livro que estava lendo.

Um amor de muitos verões

— "O Hobbit". Leitura interessante. Nunca li nenhum livro do Tolkien, mas tenho uma colega que é apaixonada pelas obras desse autor. — Silvia ficou curiosa. Guilherme não parecia ser o tipo de garoto que gostava de ler.

Silvia tomou o livro nas mãos. A capa tinha um desenho interessante. As lombadas já estavam gastas e havia o nome de uma mulher na primeira página.

— Quem é Marta?

Guilherme baixou a cabeça e passou os dedos sobre as letras escritas à caneta.

— Minha mãe — contou ele, com a voz triste.

Silvia fixou seus olhos em Guilherme e pousou a mão em seu ombro.

— Está tudo bem — ele falou.

Ficou claro que ele não queria comentar nada a respeito da morte da mãe. Aquele era um assunto que o deixava triste e ele não queria se sentir assim perto de Silvia. Quando resolvia perder-se nos pensamentos sobre Marta, geralmente trancava-se no quarto ou ia para algum lugar isolado da praia. Algumas vezes chegava a chorar. Apertava os olhos tentando realizar uma viagem aos lugares mais profundos de sua mente. Queria encontrar as lembranças ainda guardadas. Sentia um nó na garganta ao perceber que a imagem da mãe e o som da sua voz estavam se apagando cada vez mais. Frequentemente tinha de recorrer às fotos, para refrescar a memória e contemplar o rosto alegre e afetuoso dela.

Silvia folheou as páginas amareladas do livro.

— Nunca perdi ninguém. Eu sinto muito. Você deve sentir falta dela.

Ele levantou os ombros.

— Eu sinto saudades. Mas não penso nela todos os dias.

— Acredite que ela está bem. Está com Deus.

— Eu... não sei nada sobre isso. Mas tento acreditar.

Os dois ficaram em silêncio por um tempo, cada um perdido em seus próprios pensamentos.

— Se algum dia descobrir o segredo da vida, você me conta? — pediu ele, sério.

— Conto — respondeu ela, piscando um dos olhos.

Ele se levantou e colocou um dos CDs para tocar.

— Legal o som desses caras — curtiu ela.

Ele sentou ao lado dela de novo e pegou o livro de volta colocando-o sobre a cama. Se aproximou dela e começou a beijá-la, tocando-a no rosto e na cintura, trazendo-a para mais perto de si.

Silvia percebeu que estavam ali sozinhos, no quarto dele, sentados em sua cama, ouvindo música. Ficou aflita. Mais aflita ainda quando Guilherme a puxou para junto de si e os beijos se tornaram mais intensos.

— Seu pai não vai achar ruim de estarmos aqui? — ela perguntou.

— Ele vai dormir na casa da Dora hoje — disse ele.

Guilherme acariciou os cabelos dela, colocando-os atrás da orelha, e beijou o seu pescoço. Silvia arrepiou. Ele deslizou uma das mãos pelas costas e cintura, até chegar próximo do bumbum. Silvia sentia calor, ainda que a temperatura ambiente começasse a esfriar. Guilherme a beijou ainda mais forte e, então, ela virou o rosto, interrompendo-o.

— O que foi? — ele piscou os olhos, recompondo-se.

— Você está indo rápido demais. Não posso fazer isso.

— Eu sei, não ia te pedir isso — ele quase engasgou ao tentar se desculpar.

— Mas pareceu que sim.

— Acho que me empolguei — o garoto ficou embaraçado.

— É melhor eu ir para casa. — Ela se levantou, pronta para ir embora. Nunca havia se sentido mais constrangida do que na-

Um amor de muitos verões 63

quele momento. Gostava de Guilherme e queria ficar perto dele. Mas estava cedo demais para tanta intimidade. Ela se lembrou da conversa que havia tido com a mãe e ficou com a consciência pesada.

— Me desculpe. Não vai acontecer de novo — ele se retratou.

— Você me trouxe aqui para isso? — a voz dela continuava suave, embora ela estivesse um pouco chateada.

— Eu não fico planejando as minhas ações, Silvia. Só queria te mostrar onde moro e ficar mais um tempo com você antes de te levar pra casa.

— Você já fez antes? — Silvia estava séria.

— Fiz o quê? — Guilherme piscou os olhos rapidamente, tentando processar a pergunta.

— Você sabe — ela apertou os lábios, tímida.

Guilherme sentiu-se constrangido. Temeu responder algo que a deixasse triste.

— Por que quer saber?

— Já fez? — ela insistiu.

— Já.

Ela já esperava por aquela resposta. Ainda assim ficou contrariada.

— Não acha que devemos fazer isso só com quem amamos?

— Bem, sei lá. Talvez. Às vezes é só para curtir o momento.

Silvia se entristeceu. Os olhos dela denunciavam, mesmo tentando disfarçar.

— O que foi? No que está pensando? — Guilherme se aproximou, deslizando os dedos no braço da garota. — Está com ciúmes? Foi você quem perguntou!

— Comigo seria a mesma coisa, não é? — disse ela, pesarosa.

— Como assim?

— Só para curtir o momento.

O rapaz sentiu o peito apertar.

— Depois iria me esquecer — ela completou.

— Eu nunca vou esquecer você — disse ele, beijando-a no rosto.

— Iria encontrar outra garota mais bonita.

— Não existe garota mais bonita — ele a envolveu em um abraço. — Não neste planeta. Talvez em Marte ou em Saturno, alguma com anteninhas e...

Silvia soltou uma risada.

— Não fique brava comigo.

— Não estou.

— Eu vou te esperar no próximo verão — declarou Guilherme.

— Não depende de mim.

— Promete que vai tentar?

— Eu prometo — disse ela.

— Eu prometo que não vou te esquecer — ele a beijou delicadamente.

UM MERGULHO SEM QUERER

No dia seguinte, Guilherme não viu Silvia na praia e não a encontrou em casa. Provavelmente estaria passeando com a mãe. Ele sentiu saudades. O trabalho árduo debaixo do sol o fazia ocupar a mente, mas ainda assim ele não parava de pensar naquela garota. Queria passar o máximo de tempo com ela, pois logo ela iria embora. Provavelmente na manhã seguinte ela apareceria na praia para dar um alô. Mas ela não deu as caras e aquele dia pareceu durar uma eternidade. Guilherme não via a hora de acabar seu serviço para que pudesse ir até a casa dela.

Por volta das seis e meia da tarde, ele bateu à porta e Rebeca atendeu. Ela estava com os olhos e o nariz vermelhos e um pouco inchados, parecia estar chorando.

— Boa tarde, Rebeca, a Silvia está?

Rebeca parecia surpresa ao vê-lo.

— Pensei que ela estivesse com você, ela disse que iria encontrá-lo.

— Oh, ela... deve estar lá na praça, esperando por mim, vou correndo até lá — Guilherme tentou despistar.

Rebeca se preocupou.

— Ela saiu daqui meio chateada, tivemos uma briga. Diga para ela me avisar que está tudo bem.

— Sim, senhora.

Guilherme procurou por ela pela cidade, mas não a encontrou. Foi para casa angustiado e com raiva ao mesmo tempo. Silvia disse que estaria com ele, mas era mentira. *Com quem ela estaria, afinal? Que droga!* Guilherme nem ao menos conseguiu sair para dar uma volta, enterrou-se no sofá, bastante aborrecido, imaginando Silvia com outro garoto. Ligou a televisão para se distrair. Foi dormir por volta das dez da noite, revirando-se de um lado para o outro na cama. Estava sozinho. De repente, alguém bateu no portão com força. Será que seu pai havia se esquecido de levar alguma coisa para a casa de Dora? Mas ele tinha as chaves de casa. Ele se levantou depressa, vestiu uma camisa e abriu a porta. Era Silvia.

— O que aconteceu? Você está ensopada! Entre! — disse Guilherme assustado, abraçando-a.

Ela entrou, tremendo de frio.

— Vem, você precisa se esquentar — ele chamou.

— Seu pai não está? — a voz dela parecia meio rouca.

— Não, está com a namorada essa noite. O que aconteceu com você? Onde você estava? Te procurei por toda parte! — questionou Guilherme, entregando a ela uma toalha.

Ela se enrolou na toalha, tentando se aquecer.

— É melhor você tomar uma ducha bem quente. Toma, veste esta roupa. — Ele entregou a ela uma calça e um moletom de frio.

Silvia entrou no banheiro, tomou uma chuveirada e se trocou. Ao sair, Guilherme a esperava com uma xícara de leite quente com achocolatado.

— Sente-se aqui — disse ele mostrando o sofá.

Silvia sentou-se ao lado dele.

— Obrigada — disse ela.

— Vai me contar o que aconteceu? Eu estava preocupado. Sua mãe estava te procurando.

— Foi uma bobagem. Não sei se devo te amolar com isso.

— Você estava com outro cara? Pode falar, não vou brigar com você. — No fundo, Guilherme se contorcia de ansiedade.

Ela balançou a cabeça, negando.

— Não é nada disso. Eu briguei com minha mãe e deixei-a falando sozinha em casa. Saí de perto dela para evitar falar absurdos e magoá-la ainda mais. Resolvi ir de novo ao Pontal para me acalmar. Depois fui até a Praia dos Anjos. Só isso.

— Como se molhou desse jeito? Resolveu dar um mergulho?

— Foi idiotice — ela colocou a xícara na mesa do centro. — Subi numa mureta lá no cais e desequilibrei. Tentei segurar, mas não consegui. Caí dentro do mar. Tive de dar a volta nadando até a praia para sair da água. Estava um gelo. Morri de medo, estava tudo escuro, pensei em tubarões me cercando... Senti pânico.

— Você é maluca? Podia ter se afogado!

— Eu sei nadar.

— Mas poderia ter batido a cabeça ou entrado em desespero... Não faça mais isso!

Ela ficou em silêncio.

— Está tudo bem agora — ele a abraçou. — O que houve entre você e sua mãe? Você está bem?

Ela se entristeceu.

— Tudo bem, não precisa falar — consentiu ele.

— É sobre meu pai. Eu sei que ele pisou na bola, mas está arrependido e pedindo mais uma chance. Eles se falaram hoje à tarde, quer vir aqui para conversarem pessoalmente. Mas ela está decidida a se divorciar. Não acho uma decisão correta. Acho que ela deveria tentar mais uma vez, afinal de contas éramos uma família.

— Você não pode obrigá-la a voltar pra ele, Silvia. Ela é que sabe o que sofreu e o que está sentindo agora.

— Eu sei, mas como é possível jogar tantos anos de história no lixo? Ele está arrependido. Vacilou, eu sei, mas está arrependido. Tenho certeza de que ele ainda gosta dela.

— E sua mãe, ainda gosta dele?

— Não... Eu acho que não. Mesmo se gostar, ela realmente ficou muito magoada com o que ele fez. A confiança acabou e, na verdade, o casamento já estava desgastado, eu acho.

Guilherme apertou os ombros de Silvia contra o seu corpo, aconchegando-a.

— Silvia, não esquenta com isso, deixa os dois resolverem a vida deles, não se mete. Por mais que você esteja envolvida nessa história, isso não vai afetar sua vida tanto assim. Ele continuará sendo seu pai e ela sua mãe, só não estarão juntos.

— É... Você tem razão. É injusto eu pressioná-la — Silvia ficou com os olhos marejados. — É triste, sabe, ver um amor acabar desse jeito, dá medo de tentar.

— Tentar o quê? — Guilherme comoveu-se.

— Ter um relacionamento, ser feliz junto de alguém.

Ele apertou os lábios.

— Mas um dia você vai amar e vai se casar. Terá de correr o risco de dar certo ou não. Isso é inevitável. Não podemos impedir um relacionamento só porque temos medo. Isso é burrice.

Ela endireitou o corpo e o fitou nos olhos.

— Você já amou de verdade?

— Eu?

— É, de verdade mesmo, amou?

— Você sabe que eu me amarro em você, Silvia. Acho que isso é o mais próximo do amor que eu já consegui chegar.

— Eu estou falando sério, Guilherme!

— Eu também.

— Ah, para com isso, você sabe que não me ama — ela desviou os olhos e suspirou.

— Não sei se o que eu sinto se chama amor, Silvia, mas é bom. Nunca pensei tanto em uma garota.

— E a Mara?

— É, eu gostava muito dela, mas não tanto quanto gosto de você agora.

— Eu vou embora, Guilherme. Não poderemos ficar juntos. Você vai ter de me esquecer — ela baixou a cabeça.

— Eu não quero — ele virou o rosto dela para si, surpreendendo-a com um beijo. — E não vou! Não fica pensando bobagem não, Silvia, faltam só alguns dias para você ir embora. Vamos curtir o pouco tempo que temos para ficar juntos.

— Eu não sei se quero mais ficar com você, Guilherme.

— Por que não? — perguntou ele, aturdido, levantando-se e dando alguns passos para trás.

— Eu não quero me apaixonar por alguém que mora a quase dez horas de distância de mim.

Ele a encarou e disse:

— Você já se apaixonou, Silvia.

A garota ficou em silêncio por alguns instantes, olhando diretamente o rosto de Guilherme, porém, em seguida, replicou:

— O que está dizendo? Não seja convencido!

— Diz que é mentira minha, que eu estou enganado. Diz olhando nos meus olhos! — ele a desafiou.

Silvia baixou a cabeça. Ele subiu o queixo dela com delicadeza e a beijou novamente. Ela correspondeu.

Ao chegar em casa, Silvia vestia as roupas de Guilherme e levava em uma sacola a sua roupa molhada. O garoto a acompanhou até a porta.

— Quer que eu entre com você? Sua mãe deve estar uma fera.

— Não, Guilherme, deixa que eu me resolvo com ela.

— Você disse que estaria comigo, não deixa ela pensar mal de mim, pois pode impedir que nos vejamos de novo.

— Eu vou contar a verdade.

— Pode dizer que estava comigo, mas precisa arranjar uma desculpa para as roupas molhadas.

— Não vou mentir, Guilherme, ela não vai ficar com raiva de você. Não se preocupe.

— Tem certeza?

— Confia em mim.

— Então tá, até amanhã.

— Tchau.

Quando entrou em casa, Silvia se deparou com a mãe à mesa, com uma xícara na mão. O semblante dela estava preocupado, mas se tornou mais sereno assim que viu a filha. Rebeca deixou a xícara de lado e se levantou, indo ao encontro de Silvia. Percebeu imediatamente que ela estava com roupas estranhas, cabelos molhados e uma sacola com roupas úmidas na mão.

— O que aconteceu? Onde estava? — Rebeca ficou agitada.

Silvia largou a sacola no chão e deu um abraço forte na mãe.

— Desculpe as grosserias que eu disse pra você hoje. Você não tem culpa de nada. Eu te entendo e estou do seu lado.

Rebeca sorriu ao ouvir tais palavras e a abraçou mais forte, deixando cair algumas lágrimas.

— Minha filhinha, eu sei que você também está sofrendo. Eu queria poder consertar isso, mas...

— Mãe, eu te amo. Tudo que eu mais quero é que você seja feliz. Você sempre me coloca em primeiro lugar e vive em função de cuidar de mim. Pela primeira vez na vida está na hora de você pensar em você, de cuidar de você. E eu estou aqui para te ajudar.

Eram palavras maduras. Rebeca sabia que para ela, como mãe, sempre seria muito difícil não pensar na filha em primeiro lugar, mas pelo menos neste assunto delicado do divórcio, ela estava disposta a pensar em si mesma e seguir em frente sem Manoel. Não queria guardar rancor dele eternamente, sabia que cedo ou tarde teriam de conseguir manter uma relação amigável, especialmente por causa de Silvia. Mas não o desejava mais como esposo. Estava ferida, não havia mais confiança. Ele não era o homem que ela pensava que fosse e não sabia mais quem ele era. Manoel havia feito uma escolha e infelizmente teria de enfrentar as consequências disso.

— Antes que você fique brava, me escute até o fim — Silvia pediu. — Desculpe ter mentido, eu não estava com o Guilherme mais cedo. Fui caminhar um pouco para tentar me acalmar. Depois fui até a Praia dos Anjos, fiquei um bom tempo ali. Escorei no parapeito do porto para ver os barcos de pesca e me desequilibrei. Estava desconcentrada. Acabei caindo no mar. Saí de lá depressa, mas confesso que foi um susto, pois tive de dar a volta nadando e estava escuro.

— Silvia! Minha filha, que perigo! — Rebeca levou as mãos ao rosto, com o coração disparado.

— Fiquei com medo de você brigar comigo e bati na casa do Guilherme para ele me ajudar. Eu estava congelando e não queria chegar toda ensopada em casa e deixar você apavorada. Ele me deixou tomar um banho quente e me emprestou uma roupa. Fez chocolate quente pra mim. Conversamos um pouco e depois ele me trouxe até aqui.

Rebeca estava abismada com aquela história, pensamentos horríveis bombardearam sua mente mostrando como a filha poderia ter se acidentado.

— Você não pode se arriscar assim, minha filha. Já pensou se você se machuca? Se bate a cabeça e desmaia? Poderia ter se afogado. E se tivesse tubarões por ali, no mar escuro, de noite?! — Rebeca sentiu um calafrio e deu outro abraço em Silvia, dessa vez um abraço protetor.

— Desculpa, mãe, eu fui boba. Briguei com você e ainda por cima me arrisquei assim. Não vou fazer isso de novo, eu prometo. Essa viagem está sendo a melhor de todas e não vou deixar nada estragar isso. Viemos para nos divertir e para você descansar e é isso o que vamos fazer.

— Concordo e te desculpo. — Rebeca apertou os lábios. — Mesmo assim, precisa compensar essa sua estripulia.

Rebeca não sabia mentir, o sorriso já estava esboçado em seu rosto e Silvia sorriu de volta, suspirando aliviada por ter feito as pazes com a mãe.

— Pede qualquer coisa que eu faço mamãezinha do meu coração.

— Nos próximos dois dias a louça é toda sua, do almoço e do jantar. Agora trate de colocar um pijama e ir dormir, mocinha.

— É justo. — Silvia deu um beijo no rosto da mãe e foi para o quarto.

Rebeca balançou a cabeça ainda sorrindo. Ao ver no chão a sacola com as roupas molhadas, recolheu tudo e estendeu no varal para secarem.

ATÉ LOGO

Fora uma despedida bem difícil. Guilherme acompanhou-as até a rodoviária de Cabo Frio. Ao descerem do táxi, ele ajudou com as malas e caminharam até a plataforma de embarque. Ele e Silvia ficaram abraçados o tempo todo. Rebeca se despediu dele e subiu no ônibus. Silvia lhe deu um beijo com os olhos cheios de lágrimas.

— Não chora, a gente vai se falar — disse ele, com o coração apertado.

— Você prometeu que não vai me esquecer.

— Eu não vou. Nunca. Nem a eternidade pode fazer eu me esquecer de você.

O motorista deu a partida e Silvia entrou no ônibus, sentando-se perto da janela. Ela e Guilherme ficaram acenando um para o outro até perderem-se de vista. Recostada na poltrona, Silvia repassava em sua mente todos os momentos bons daquela viagem. Lembrava-se das paisagens, de Guilherme, do amor que viveram. Fora uma viagem muito boa para que ela e sua mãe passassem um tempo juntas também.

— Mãe, acho que as nossas fotos no Pontal do Atalaia ficaram lindas, estou doida para revelar.

— Podemos escolher a melhor de todas para colocar naquele porta-retratos que eu ganhei de amigo oculto.

— Sim, vai ficar bem bonito lá na sala.

A saudade que Silvia sentia de Guilherme já apertava em seu peito. Seria muito difícil viver sem ele. Desejava que aquele ano passasse bem depressa, para que pudesse voltar a Arraial no próximo verão. Trocaram endereço, prometeram se escrever, fizeram juras de amor, mas no fim só restaram as lembranças e os planos para um longínquo próximo encontro.

Guilherme demorou alguns dias para se recuperar. Sentia um grande vazio no peito. Era difícil para ele se acostumar com a ausência de Silvia. Tudo parecia monótono e sem graça. Trabalhou duro nos dias que se seguiram, tentando ocupar a mente. Sua comissão daquela semana havia sido gorda. Queria que Silvia estivesse ali para que ele pudesse lhe comprar um presente. Respirou fundo e decidiu parar de pensar nela o tempo todo. Precisava voltar a viver normalmente. Logo as aulas começariam e ele teria de se desdobrar entre a escola e o trabalho. Voltou a sair com os amigos e se divertir, entretanto onde quer que fosse, lembrava-se de Silvia e imaginava como seria bom se estivessem ali, juntos. Em sua mente, listava todos os lugares legais de Arraial e dos arredores aos quais ele a levaria quando ela voltasse no próximo verão... Se ela voltasse.

Guilherme sentiu enorme euforia quando recebeu a primeira carta de Silvia, com a foto que tiraram juntos no Pontal do Atalaia. Era uma bela foto, estavam felizes e a paisagem era magnífica. Ele observou bem a expressão da garota na imagem. Ela parecia ainda mais bonita do que ele conseguia se lembrar.

Guilherme,
Tudo bem? E seu pai, está bem? Já marcou o casamento? Não se esqueçam de me convidar. Espero que mesmo que a alta temporada esteja chegando ao fim, vocês possam continuar com muitos clientes em seu quiosque, mesmo sabendo que isso significque que você vai torrar no sol.
O próximo feriado vem aí e a praia deve ficar cheia. Sei bem que em abril o turismo diminui, mas tomara que os gringos que

visitam Arraial escolham especialmente o seu quiosque, pois é o melhor. Estou com saudades daqueles sorvetes de casquinha e das conversas que tivemos.

Estou com muita saudade de você. Espero que já não tenha me esquecido. Lembre-se de que você prometeu, temos um encontro marcado no próximo verão, mesmo que ainda falte muito tempo para isso.

Já retornei às aulas, comecei o ensino médio e sei que precisarei me esforçar. Todo mundo está me dizendo que o primeiro ano é o mais difícil e ano passado eu ralei bastante para conseguir ser aprovada.

Estou mandando a foto que você me pediu. Guardei uma cópia para mim também, coloquei dentro da minha agenda nova.

É estranho escrever essa carta. Sempre gostei de cartas, mas nunca escrevi para um garoto.

Aqui agora a internet é a maior febre, principalmente jogos. As lan houses ficam lotadas. É, mas com certeza lotadas com garotos que não têm mais o que fazer, e você trabalha bastante que eu sei.

É difícil imaginar como consegue conciliar a escola com o trabalho. Espero que se dê bem nas notas este ano para se formar logo. Eu não vejo a hora de acabar com isso. Escola é um saco! Quero ir para a faculdade depressa, com certeza lá não tem as chatices que tem no colégio.

Bom... Acho que é isso, fico por aqui.
Sempre pensando em você.
Um beijo,
Silvia.

Guilherme leu e releu a carta inúmeras vezes e por outras tantas vezes rascunhou uma resposta para ela. Silvia recebeu sua carta semanas depois e a guardou na agenda, junto com a foto dos dois. De vez em quando, dentro de sala, escondida de todos,

Silvia abria a carta e lia algumas frases. Não havia percebido o quanto Guilherme era romântico.

Silvia,
Arraial não é mais a mesma sem você. Tudo parece tão sem graça! Você não faz ideia do quanto eu sinto sua falta. Parece que eu a conheço a vida toda. Não me sai da cabeça aquele nosso sonho de nos casarmos e morarmos naquela casa no Pontal.
Não me esqueci das promessas que fizemos um para o outro. Só espero que ainda goste de mim até o próximo verão. Eu, como disse, vou pensar em você daqui até lá, lembrando de como é linda, doce e inteligente.
Sabe o que descobri também? Que além de você ser minha garota e o meu amor, é também minha melhor amiga. Sentirei saudades.
Queria ter você aqui para te abraçar e te beijar, mas como não dá, mando um beijo e um abraço, mas não de amigo, um beijo de verdade, com muito amor.
Te espero,
Guilherme.

Semanas depois Guilherme recebeu um envelope rosa. De dentro retirou um papel de carta decorado com ursinhos e perfumado. Era um pouco infantil, mas ele achou uma das coisas mais lindas que já havia ganhado e as palavras que estavam escritas não eram infantis, eram de alguém que estava apaixonada e aprendendo a ser madura.

Guilherme,
Nesses últimos dias tenho sentido sua falta de uma maneira que não consigo explicar. Eu sinto o ar rarefeito ao meu redor e meu coração parece dolorido. É como se existisse um buraco no meu peito, um vazio imenso. Que saudade!

Eu e meu pai estamos nos reaproximando e eu queria tanto que você estivesse aqui para me apoiar. Ele e minha mãe já estão se falando sem a presença do advogado, parece que estão amigos. Ela diz que não sente ódio dele e que, apesar de tudo, viveram muitas coisas juntos e que precisam conviver civilizadamente para o meu bem. Ela ainda fica muito séria na presença dele, mas pelo menos não chora mais. Ele também parece ter se conformado que a perdeu pra sempre, pois não falou mais em voltar pra casa.

Há um mês ele me chamou para uma conversa séria e me falou um tanto de frases decoradas. Aquelas coisas que os pais sempre falam quando estão se separando: que amam os filhos, que se amavam, mas não deu certo, que eu terei duas casas, e blá-blá-blá. Quando eu fiz a pergunta que estava entalada na minha garganta, ele fez uma cara de espanto. Foi como uma bomba. Será que ele não esperava por isso? Que filha não iria querer saber por que o pai cometeu adultério? Ele gaguejou, tossiu, fiquei até com pena, mas me mantive séria e exigi uma resposta. Queria saber definitivamente por que ele traiu a minha mãe e por que decidiu sair de casa para viver com a amante. Por fim, ele ficou com os olhos vermelhos, mas conteve as lágrimas e disse: "Porque sou burro e egoísta".

Confesso que apesar de curta, gostei da resposta. Eu não queria saber os detalhes sórdidos, só queria entender por que ele desistiu de cuidar da esposa para cuidar de outra mulher. A conversa terminou com um pedido de perdão, que eu aceitei para o bem de todos. Desde então temos nos encontrado aos sábados para almoçar. Detalhe: ele está sozinho. Por algum motivo que eu não quero saber terminou o relacionamento com a outra e agora está morando sozinho. Eu espero que com o tempo a minha relação com ele possa voltar a ser menos formal e mais agradável. Estou tentando, mas é difícil olhar pra ele sem lembrar de como fez a minha mãe sofrer. Lembro da história que você contou do seu pai e do seu avô. Não quero ficar brigando com o meu pai. Estou com raiva dele, mas eu o amo. Tenho pedido a Deus para limpar o meu coração e me ajudar a fazer o meu perdão não ser da boca pra fora.

Ah, Guilherme! Quanto tempo ainda falta para o próximo verão? Estou contando os dias, mas vai demorar muito. Mande notícias suas. Espero que por aí esteja tudo bem. Minha mãe mandou um abraço pra você.

Não se esqueça do nosso encontro. Você prometeu que não vai me esquecer.

Ficarei aqui, sempre pensando em você.
Um beijo,
Silvia.

A resposta de Guilherme chegou depressa e Silvia ficou eufórica:

Silvia, meu bem,
Sem você, a Praia Grande e o Pontal do Atalaia não tem a mesma beleza. Você é como a estrela que colocamos no topo da árvore de Natal, é ela que torna tudo completo. Você falou em ar rarefeito, pois descreveu bem o que eu sinto. Dificuldade para respirar, uma vontade maluca de chorar que vem do nada, umas fincadas aqui no peito indicando que falta alguma coisa. Falta você. Enquanto você não estiver aqui comigo, sempre vai ser incompleto.

Gostei de saber da história toda sobre você, sua mãe e seu pai. Você está agindo certo. Mesmo que tenha sido algo horrível o que ele fez, precisamos entender que as pessoas erram, nós também não somos perfeitos. Um dia também precisaremos que as pessoas nos perdoem, um dia também nos sentiremos arrependidos por prejudicar ou magoar alguém. Nossa natureza precisa ser transformada se quisermos ser realmente bons. Seu pai ama você, sua mãe também. Aproveite isso, ame as pessoas, seja uma boa filha e siga em frente. O tempo é um grande aliado e seu perdão não vai ser da boca pra fora. Você é a garota mais verdadeira que eu já conheci em toda a minha vida.

Pode parecer louco e inacreditável, mas a distância está fazendo meu amor crescer e eu também não vejo a hora de nos vermos no próximo verão. Enquanto isso ficarei por aqui, trabalhando com o meu pai, tentando tirar boas notas e pensando em você noite e dia.

Nunca duvide do meu amor. Te espero,
Guilherme.

PASSÁRGADA

Depois de muitos verões... e invernos.

Silvia se recostou na cadeira da varanda. A brisa suave tocava seu rosto. Ela fechou os olhos e respirou fundo. O cheiro do mar e o barulho ao redor a tranquilizavam. Sentia-se segura, sentia-se bem, sentia-se... em casa. Por alguns segundos pareceu cochilar desfrutando daquele momento de paz. Aquela cidade e aquela praia a confortavam.

Havia aprendido na faculdade que jamais existiriam duas paisagens idênticas na natureza. Para alguns, esta informação poderia parecer insignificante, mas ela conseguia entender muito bem. Cientistas de áreas distintas debruçaram-se sobre uma única paisagem ao longo de anos de estudos, descrevendo-a, analisando-a, compreendendo as relações entre os seus elementos e suas transformações. Por ser única, cada paisagem consistia em objeto de estudo inédito. Por ser vasta, a paisagem se tornava fonte rica e complexa para a produção de conhecimento.

Silvia balançou a cabeça, sorrindo, ainda de olhos fechados. Estava *geografando* mesmo sem querer. Ela tinha cursado Ciências Contábeis, mas sempre gostou de Geografia. Muitas vezes, quando ia à biblioteca da universidade buscar algum livro exigido em seu curso, perdia-se pelas prateleiras da Geografia e sentava-se no chão, folheando e lendo livros que chegavam a lhe dar água na boca. Ela deveria ter feito escolhas diferentes quando prestou vestibular, porém, acabou cedendo às recomendações do pai para que pudesse trabalhar com ele em sua empresa de contabilidade. Depois que se formou, finalmente pôde dedicar-se às leituras de sua escolha, aquelas que lhe davam prazer, e dentre elas estavam livros sobre Geografia.

Contudo, Silvia não estava ali para produzir conhecimento algum. O que ela queria com aquela viagem era esvaziar-se de si mesma, abandonar suas convicções, afastar-se das pessoas que a rodeavam, esquecer de tudo o que vinha acreditando até ali, principalmente no que dizia respeito ao amor.

Abriu os olhos e voltou a pensar em paisagens. Aquela que se estendia diante de seus olhos era belíssima. Mais parecia uma pintura, um quadro emoldurado pelo seu campo de visão. *Se Deus existisse, certamente a natureza era um testemunho perfeito,* pensava ela. Para Silvia, aquela não era uma paisagem inédita. Fazia parte de suas lembranças. Mas era única, absolutamente única. Os raios solares ainda iluminavam aquele fim de tarde, o céu estava livre de nuvens, pintado com uma aquarela de infinitos tons alaranjados. Magnífico! Ela sabia muito bem que, em pouco tempo, aquele sol desapareceria na linha do horizonte e a tarde ensolarada daria lugar a uma noite fresca e calma. A areia era clara e possuía grande extensão entre a calçada e o ponto onde as ondas atingiam. A água do mar variava entre nuances de verde e azul, com reflexos brilhantes vez por outra, e era gelada... Gelada e revigorante. Pela orla se espalhavam algumas pousadas, lojinhas, restaurantes, casas e alguns prédios por construir, ainda na fundação. Parecia estar tudo do jeitinho que ela havia deixado. E isso era tudo o que Silvia queria: sentir-se em casa.

Não conseguira alugar a mesma habitação onde costumava passar as férias de verão com sua mãe quando era jovem. Contudo, aquele outro local que conseguira era tão bom quanto, ou até melhor. Era uma casa pequena, mas tinha uma varanda comprida que dava vista para o mar azul de Arraial do Cabo. Talvez tivesse sido melhor mesmo se hospedar em um lugar diferente. Mesmo que ela não estivesse com a mínima vontade de viver novas experiências, também não queria ficar se recordando das velhas. Queria apenas paz, isolamento e um tempo para reflexão.

Aquele era um janeiro comum. Entretanto, muita coisa na sua vida havia mudado desde a última vez que estivera na cidade, há doze anos. Começou a se lembrar dos últimos acontecimentos de sua vida e do motivo real de estar ali. Sem perceber, gradativamente a temperatura começou a baixar, o vento parecia mais forte, o céu tornara-se cinza e o sol escondia sua face. Silvia não sabia se era realmente o céu que estava cinza ou se era sua própria alma. Desejou que a noite passasse depressa e que a manhã trouxesse novamente a luz para iluminar aqueles dias que ela ficaria por ali, para aquecer seu coração ferido.

Ficou sentada, quieta, em silêncio. Tentou meditar, não queria pensar em nada. Estava cansada e triste. Algo impediu sua concentração. Sentiu que alguém a observava. Tentou ignorar, mas a sensação era bem forte. Abriu os olhos devagar. Do lado de fora da casa, de pé, diante do muro de meio metro, um homem a olhava com muito interesse. Ela não podia acreditar em seus olhos. *Era mesmo ele? Viveria ainda ali, na mesma casa, na mesma praia, no mesmo emprego? Não era possível!*

— Silvia?

Sim, era ele mesmo. Seu amor de infância e juventude. O garoto que a fez conhecer tantas coisas sobre a vida e sobre o amor. Mais alto, mais forte, mais velho... e mais bonito.

— Guilherme? — Silvia estava realmente muito admirada.

— Meu Deus, quanto tempo!

Ele abriu a portinha de madeira e adentrou o jardim, se aproximando.

— É você mesma? Não acredito! Como você está? Quanto tempo!

Ela sorriu tentando pensar em uma resposta agradável. Se fosse responder a verdade, diria que estava completamente destruída, com o coração despedaçado e com a vida arrasada, mas limitou-se a uma resposta curta e educada:

— Tudo bem e você?

— Melhor agora. Caramba, não acredito que está aqui! Pensei que nunca mais veria você! — ele falou com entusiasmo, sentando-se na cadeira ao lado dela. — Veio passear?

— É. Vim para passar alguns dias e descansar. Gosto daqui. Há muito tempo não vinha.

— Aqui mudou muito.

— Verdade? Para mim está a mesma coisa.

— Não mesmo! — Ele moveu o braço no ar, traçando um semicírculo. — Olha a orla, está toda reformada, têm mais prédios em construção, os quiosques saíram da areia e vieram para o calçadão...

Silvia olhou bem a orla.

— É... Você tem razão, está bem diferente. Eu não tinha reparado.

Como não havia reparado?, pensou Guilherme. Não havia como não notar. Ele observou aquela mulher com mais atenção.

— O que foi? Parece meio aérea.

Ela ficou apreensiva com aquela pergunta.

— Ah, não é nada. — Ela balançou a cabeça negativamente. — Viajei o dia todo, acabei de chegar... Estou um pouco cansada, só isso.

— Vou deixar você descansar então. Podemos nos ver depois? Dar uma volta? Como amigos.

Ela ficou calada, olhando bem aquele rosto conhecido, embora bem diferente. O silêncio dela o constrangeu.

— Você veio com seu marido? — perguntou Guilherme, sério, se levantando de supetão.

Silvia sentiu um nó na garganta.

— Não, vim sozinha. — Ela desviou o olhar.

Guilherme queria mesmo saber o restante da resposta. Ela era casada, afinal?

— Você pode dar uma volta comigo?

Como não podia deixar de ser, Silvia foi sincera. Nunca conseguiu agir ao contrário com ele. A verdade sempre fora um dos alicerces da amizade deles.

— Não sei, Guilherme, acho melhor não. — Suspirou ela. — Vim aqui esfriar a cabeça, não planejei bater papo com ninguém. Quero mesmo é ficar sozinha e pensar. Até passou pela minha cabeça a remota possibilidade de vê-lo por aqui, mas não assim tão depressa.

— Pensar?

— Pensar na vida, no futuro, no passado... Pensar em mim, pensar em Deus.

Ele ofereceu um sorriso terno e sentou-se ao lado dela de novo:

— Você está bem?

Silvia abalou-se. Por muitas vezes Guilherme fez aquela pergunta a ela no passado e conversaram bastante. Eram boas as conversas que tinham, consolavam e entendiam um ao outro. Eram amigos naquela época e ela confiava nele.

Ao olhar nos olhos dele, sentia como se o tempo não tivesse passado, como se ainda fossem amigos e nada tivesse mudado, a não ser o fato de Silvia ter amado outro homem.

A emoção de reencontrar Guilherme se misturou a toda tristeza que estava sentindo, e, por mais que tentasse, ela não conseguiu manter a calma, desabou em lágrimas.

— O que houve com você, Silvia? — Guilherme alarmou-se e segurou-lhe uma das mãos.

Ela tentava se conter, enxugando o rosto.

— Eu... Me desculpe... Está tudo bem... Eu realmente não quero falar sobre isso.

— Não fique assim, talvez eu possa te ajudar. Me fale o que houve.

As palavras dela estavam carregadas de raiva:

— Eu amei alguém, Guilherme, me casei e... não deu certo. Corri o risco, como você disse para mim uma vez, mas o final não foi legal. Vim aqui para tentar superar isso. Me sinto muito fraca. Não sei se consigo.

Guilherme ficou aturdido. Tanto pelo fato de ter existido outro amor na vida dela, quanto pelo fato deste mesmo amor tê-la feito sofrer.

— Ele pisou na bola com você? — deduziu ele, entristecendo-se.

— Pois é, parece mal de família, né? Primeiro minha mãe e agora eu — respondeu ela, irônica.

Ele tentou suavizar a situação:

— Nada a ver, Silvia, casamentos acabam todos os dias. As pessoas tentam, mas às vezes não dá.

— É... Eu tentei, mas não deu — ela suspirou mais uma vez, enxugando o rosto e parando de chorar.

Fez-se um silêncio. Silvia tinha o olhar perdido, enquanto Guilherme fixou seus olhos nela.

— Me desculpe — disse ela, desistindo daquela conversa.

— Não faz mal, quero que se sinta bem.

— Me sinto cansada, com dor de cabeça.

— Vá se deitar, descansar da viagem. Vai se sentir melhor.

— É, tem razão — disse ela, se levantando.

Ele também levantou.

— Posso voltar aqui depois?

— Claro, Guilherme, você é sempre bem-vindo. Mas não se preocupe, vou ficar bem. Não sei se quero voltar a falar disso.

— Não precisamos falar disso.

— Sua esposa não vai se importar de você vir me visitar? — Silvia presumia que ele fosse casado, devido à idade.

— Eu não tenho esposa.

Ela arregalou os olhos.

— Tentei encontrar uma, namorei bastante, mas nunca foi para frente.

— Me desculpe, não queria ser indiscreta.

— Você pode me perguntar o que quiser, Silvia.

Ela sorriu, mesmo sem querer.

— Nos vemos depois.

— Tudo bem — assentiu ele.

Silvia entrou em casa e se deitou. Dormiu o resto do dia. Acordou no meio da noite, sentindo fome. Não havia nenhum alimento na casa. Ela se lembrou de um pacote de biscoitos que trazia na bolsa. Levantou-se, comeu alguns e logo voltou a dormir.

Em sua casa, Guilherme olhava para a foto que guardava com tanto carinho. A foto que ele havia tirado com Silvia no Pontal do Atalaia, no primeiro verão em que estiveram juntos. Não podia acreditar no que havia acabado de acontecer. Tanto tempo havia se passado e assim, de repente, sem mais nem menos, reencontrava aquela que havia sido o amor de sua vida durante anos e anos.

Como fora difícil esquecer Silvia e conformar-se em viver sem ela. Como fora difícil entender que tudo havia acabado, que os sonhos não se realizariam, que os planos deles não se concretizariam, que ele nunca se casaria com ela... que ele a havia perdido. Pensou em mil formas de trazê-la de volta e em outras mil maneiras de esquecê-la. Sabia que tudo seria em vao. Sabia que ela não voltaria mais e que de igual forma, ele nunca conseguiria esquecê-la.

Na época, Silvia almejava a faculdade, uma carreira, tinha a vida toda pela frente, era muito jovem e dependia dos pais. Guilherme não tinha nada para oferecer a ela além do seu amor. Era melhor ele desistir, deixá-la seguir em frente. Queria que ela fosse feliz, mesmo se não fosse junto dele.

Havia sido tão difícil esperá-la entre um verão e outro, mas a convicção de que a veria de novo o consolava e o enchia de vigor e esperança. Depois daquele último verão, quando teve a certeza de que ela não voltaria tão cedo a Arraial, o coração de Guilherme ficara em pedaços e as conversas que tinham ao telefone só serviam para deixá-lo ainda mais triste e com saudades.

Silvia era sempre sincera, explicava a situação, reafirmava seus sentimentos, mas o tempo e o cotidiano foram apagando a chama que havia entre eles. Os assuntos se tornaram escassos, os telefonemas mais espaçados, até que ela parou de ligar e também de escrever. Guilherme desistiu. Àquela altura, ela já devia estar na faculdade, absorvida pelos estudos, trabalhos e estágios, já devia estar namorando alguém. O romance deles ficou na lembrança, de um e de outro.

Por um detalhe apenas, aquele reencontro tinha um significado extraordinário para Guilherme. Um detalhe que não passaria despercebido por muito tempo. Por ser um homem forte e lúcido, ele conseguira manter em estado de dormência todos os sentimentos que nutria por Silvia, como se uma parte do seu coração hibernasse.

Todavia, como a primavera chega trazendo vida a uma floresta inteira, despertando animais e plantas, sons, cores, movimento, assim também acontecia com ele naquele momento. Ao ver aquela mulher novamente, o amor que sempre sentiu por ela, desde o primeiro verão que passaram juntos, o mesmo amor da juventude, embora mais apurado e intenso, explodia no peito de Guilherme. Aquele amor percorria toda sua corrente sanguínea, transpassava seu corpo por todos os poros, ocupava todos os seus pensamentos e o fazia andar de um lado para outro da casa, em estado de euforia, agitado, esfregando as mãos no rosto e no cabelo, enquanto falava em voz alta:

— Meu Deus, o que significa isso? É apenas uma coincidência? Eu sei que orei te pedindo para vê-la novamente, mas tenho dúvidas se foi o Senhor mesmo que a trouxe até aqui. A situação parece complicada. Pelo que eu entendi, ela está passando por um divórcio e... O que eu devo fazer? Devo me afastar? Ou devo me aproximar, ser um amigo, ajudá-la a passar por isso? Eu a amo, o Senhor sabe disso. Eu nem ia passar por aquela rua, foi um acaso. Sempre achei o jardim daquela casa bonito e quando olhei lá dentro para admirá-lo me deparei com a Silvia. Caramba! Quase morri do coração. Pensei que estava delirando. Como ela está bonita. E como está triste! Ah, Deus... Obrigado por ter permitido que eu a visse novamente. Me dê forças e sabedoria para que eu saiba o que fazer.

MELHORES AMIGOS

    Silvia acordou bem cedo na manhã seguinte. O tempo estava nublado. Ela tomou um café forte e comeu pão com presunto na padaria mais próxima. Foi à praia para fazer uma caminhada na areia. Lembrou-se das caminhadas que fazia com sua mãe. Iam bem longe, conversando, rindo, observando o cenário, as pessoas.
    Silvia caminhou sozinha, em silêncio, observando aquela bela paisagem que pouco havia mudado. A areia, que se estendia entre o mar e o asfalto, tinha uma coloração bege clara, rajada de cinza e salpicada por pontinhos brancos, parecendo pedacinhos de conchas trituradas.
    À medida que se aproximava do mar, as tonalidades cinzas da areia tornavam-se mais escuras, próximas ao preto. Pequenas dunas contornavam a parte preservada da praia, cobertas por gramíneas e margeadas por uma vegetação de médio porte, arbustiva. Silvia não sabia identificar nenhuma daquelas plantas, apenas contemplá-las. O mar ora era azul, ora verde, muito gelado.
    A linha do horizonte não ficava muito distante. Havia algumas construções abandonadas e a orla era comprida e seguia contornando o litoral por mais de 40 km, passando por outros municípios. Olhando para frente, dava a impressão de que tudo era muito perto, mas era só impressão.
    Silvia caminhou bastante, seus pensamentos estavam bem longe dali, e não reparou o quão longe estava indo. Olhou para trás e percebeu que havia se afastado muito. Resolveu voltar. Suas pernas queimavam e uma dor insuportável na lateral do abdô-

men a obrigou a parar. Ela não tinha o mesmo preparo físico de antes. Vivia uma vida sedentária e não estava acostumada a caminhadas. De pé, curvou-se apoiando nos joelhos, baixou a cabeça e respirou fundo. Olhou para frente e teve preguiça de continuar andando. Precisava descansar um pouco. Se passasse um bugue por ali, ela pediria carona. Sentou-se e esticou as pernas. Pensou em Guilherme. Onde estaria agora? Gostava dele, era um garoto bacana. Riu de si mesma com algumas recordações. Eram jovens, imaturos, acreditavam que tudo duraria para sempre. O tempo havia passado e agora não fazia mais sentido pensar naquele homem.

Ela olhou novamente em direção à praia onde estava hospedada, criando coragem para se levantar e continuar andando e, então, como em uma miragem, avistou Guilherme, sem camisa, correndo, se exercitando, com um cachorrinho à tiracolo. Levava a coleira em uma das mãos, o cão estava solto. Ele chegou cada vez mais perto e quando a avistou, acenou, correndo mais rápido.

— Oi, Silvia, bom dia! Fez uma caminhada longa!

— Tão longa que agora não consigo voltar — ela riu.

Ele sentou-se ao lado dela.

— Não consegue?

— Minhas pernas estão doendo e fiquei sem fôlego. Estou descansando para continuar.

Ele piscou os olhos e deu um sorriso pela metade, achando graça.

— Está falando sério?

— Sim. Estou desacostumada a exercícios físicos, não devia ter me afastado tanto.

— Eu carrego você!

— Não será necessário. Daqui a pouco estarei melhor e conseguirei continuar.

Ela olhou o cachorrinho e o afagou na cabeça.

— Que bonitinho, é seu?
— Sim, esse é o Júpiter.
Era um nome curioso.
— Qual é a raça dele? — Silvia quis saber.
— É um vira-lata.

Ela acariciou o cãozinho mais um pouco. Guilherme a olhava feliz, mas ainda abalado por estar tão perto dela depois de tanto tempo.

— Vamos fazer assim, vou seguir até onde tenho costume, você me espera aqui e na volta seguimos juntos — sugeriu ele.
— Ótimo! — ela concordou prontamente.
— Volto em dez minutos.

Guilherme se levantou e voltou a correr. Assobiou para o cachorro que se juntou a ele. Silvia o observou. Estava bonito, forte, parecia se cuidar bastante. Os cabelos lisos e compridos até a orelha deram lugar a um corte bem baixo e o físico mirrado dera lugar a um corpo mais musculoso. Barba feita. Não usava mais brinquinho, nem pulseiras. Os olhos eram os mesmos, a boca também, o jeito suave de falar, a maneira educada com que a tratava... tudo isso permanecia inalterado.

Tempo depois ele voltou. Silvia se levantou e alongou um pouco a coluna e as pernas.

— Está pronta? — ele indagou.
— Estou — ela respirou fundo.

Ele parou de correr e passou a caminhar. Ela o acompanhou.

— Dormiu bem? — ele perguntou.
— Mais ou menos. Ultimamente não consigo me desligar. Minha cabeça parece uma máquina.

Guilherme reparou que ela estava com o mesmo olhar triste e cansado do dia anterior, mas isso não era suficiente para ofuscar sua beleza.

— O tempo te fez bem. Você está ainda mais bonita.

— Pare com isso! Sei que não é verdade.

— Eu já menti para você alguma vez?

— Não sou mais uma menina, Guilherme. Tenho rugas e alguns quilinhos a mais. Minha época já passou.

Ela parecia estar com a autoestima muito baixa. Rugas? Ela tinha apenas 29 anos!

— Eu acho que você está linda.

Ela se calou. Suas pernas ainda doíam, mas tentou prosseguir ao máximo, até um momento em que não aguentou mais.

— Preciso respirar — ela segurou a cintura e fez cara de dor.

— Nossa, você está mesmo sem preparo! Vamos sentar um pouco — admirou-se ele.

Sentaram na areia. Silvia esticou as pernas e apoiou as mãos na areia, para trás. Guilherme dobrou as pernas, abraçando os joelhos. Nessa posição, seus músculos dos braços ficavam mais visíveis e Silvia se esforçou para desviar os olhos.

— O que está pensando em fazer hoje? — perguntou ele.

— Ainda não sei — ela respondeu, olhando o mar. — Acho que vou ficar um pouco na praia, tomar sol. Depois vou para casa. Você ainda trabalha no quiosque?

— Não, abri um restaurante na Praia dos Anjos, fico lá de terça a sábado. Meu pai mantém o quiosque junto com Dora, eles têm outros funcionários agora.

— Verdade? — ela o encarou, arregalando os olhos, e sorriu alegre pela primeira vez. — Que bacana! Lembro de você mencionando esta ideia. Puxa vida!

— Lembra mesmo? — ele ficou impressionado por Silvia se lembrar daquilo.

— Claro que sim. Parabéns. É muito legal ver pessoas que realizaram seus sonhos. Estou feliz por você. Está bem lá, está feliz?

— Sim. É um trabalho árduo, mas o retorno está sendo interessante. Eu estou satisfeito.

— Por falar em sonhos, seu cachorro também era um — ela afagou o bichinho carinhosamente.

— Eu queria um cachorro grande, mas quando vi o Júpiter me amarrei, ele era um filhotinho muito simpático.

— Ele é muito bonitinho.

Guilherme ficou sério e mordeu o lábio inferior.

— Só que eu não consegui realizar todos os meus sonhos.

— Mas ainda está em tempo.

— Será? — disse ele, fitando os olhos de Silvia, como se flertasse.

Ela ficou em silêncio e desviou o olhar.

— Você conseguiu realizar algum sonho? — perguntou ele.

— Sim, alguns. A maior parte dos sonhos materiais — ela respondeu desanimada, remexendo a areia com os pés.

— De qualquer forma são coisas boas.

— Com certeza.

— E sua mãe?

— Ela se casou de novo, acredita? — contou ela, sorrindo levemente.

— Verdade?

— Sim, vivem muito bem. Mudou-se para o campo, pois o marido dela cria gado leiteiro. Ela largou o trabalho para ajudá-lo. Estão felizes.

— Ela e seu pai conseguiram ficar amigos?

— Não diria amigos, mas se tratam civilizadamente. Minha mãe é muito gentil, não gosta de escândalos e discussões. Por isso, quando se encontram, o clima sempre é amistoso. Eu acredito realmente que ela não guarda mágoa dele. A vida dela agora é outra, ela encontrou um homem que a ama muito e nunca a vi tão feliz. Como ela mora em outra cidade, é difícil reunir todo mundo e quase toda vez que ela e meu pai se veem o marido da minha mãe está junto. Ele é meio ciumento.

— Eu também seria no lugar dele. Imagina deixar minha esposa sozinha perto do ex-marido! Ainda mais um homem que a fez sofrer — Guilherme comentou com o semblante sério. — Fico feliz que sua mãe tenha seguido em frente e esteja feliz. Eu sempre gostei dela.

Silvia sentia-se bem com aquela história. Por muito tempo havia desejado e orado para que a mãe fosse novamente feliz.

— Que bom. Você também pensa em se casar de novo?

— Eu? Não — ela balançou a cabeça, negativamente. — Na verdade, ainda sou casada, pois o processo do divórcio se iniciou há pouco tempo.

Silvia pareceu ficar ainda mais triste ao pensar naquilo.

— Entendi — Guilherme sabia que era melhor mudar de assunto, mas talvez ela precisasse de um ombro amigo. — Se quiser, pode desabafar comigo.

— Eu sei — ela sorriu, desanimada. — Vamos seguir? Acho que já consigo caminhar até lá.

— Vamos — concordou Guilherme, se levantando e estendendo a mão para ela, ajudando-a a se levantar.

Caminharam juntos e continuaram conversando, até que chegaram ao ponto mais movimentado da praia.

— Ufa! Finalmente! — suspirou ela, aliviada.

— Vamos dar um mergulho para refrescar? — ele sugeriu.

— De jeito nenhum, esta água está um gelo.

— Você não era medrosa desse jeito.

— Eu não sou medrosa!

— Então, vamos! — ele a provocou.

Silvia acabou aceitando. Guilherme deixou suas coisas na areia e ordenou ao cachorro que ficasse. Entrou correndo no mar, dando um grande mergulho. Silvia tirou sua blusa e sua bermuda, ficou de maiô, deixando à mostra o desenho de um belo corpo. Agora um corpo de mulher. Guilherme estremeceu. Ela sempre fora uma garota linda e, agora, havia se tornado uma mulher maravilhosa. Ela entrou aos poucos, hesitando por causa da água fria, mas, por fim, mergulhou.

— Está gelada — gritou ela, rindo, meio sem fôlego.

Ele se aproximou dela.

— Isso ajuda a revigorar o corpo.

— Eu estou precisando mesmo — ela concordou.

Guilherme queria beijá-la e abraçá-la, como nos velhos tempos, mas sabia que muita coisa havia mudado e não se atreveu. Nadaram mais um pouco, pularam algumas ondas, ela boiou de costas por alguns segundos e depois voltou para a areia.

— Não aguento mais... — disse ela, correndo e se enrolando na toalha.

Ele correu atrás dela. Júpiter sentou-se perto deles.

— Ai, que frio, Guilherme!

Ele ousou e a abraçou, esquentando-a. Ela riu. Permitiu-se ser abraçada, precisava daquilo. Guilherme era um amigo. Seu abraço sempre fora um lugar subjetivamente seguro.

— O sol não vai sair hoje? — ela olhou para o céu, analisando o tempo.

— Está meio nublado, né? Então, acho que não — respondeu Guilherme, olhando para cima.

— Que pena, queria ficar mais tempo na praia — lamentou ela.

— Vou para Cabo Frio hoje fazer umas compras para o restaurante. Quer ir? Você pode ficar comigo ou posso te levar a algum lugar para dar uma volta. Deixo você lá e depois te pego. O que acha?

— Ah... não. Vou ficar quietinha. Acho que vou voltar para casa — ela fez um muxoxo com os lábios.

— E vai ficar fazendo o que lá?

— Vendo televisão — ela levantou os ombros.

Um amor de muitos verões

— Vai ficar triste, pensando nos problemas. Não é melhor você sair para dar uma volta? Aproveite sua viagem.

Silvia pensou e se decidiu:

— Tem razão. Acho que é uma boa ideia. Não vim de carro e quero muito ir a Cabo Frio. Uma carona seria bem-vinda, mas preciso tomar um banho primeiro, estou congelando.

— Eu também tenho que passar em casa. Te pego lá pelas nove.

— Pode ser.

CORAÇÃO PARTIDO

Às nove em ponto, Guilherme buzinou em frente à casa dela. Ele era sempre pontual. Apesar de nublada, a manhã estava bonita. Silvia saiu e trancou a porta. Vestia uma calça jeans, sandálias e uma blusa verde. Ele desceu da caminhonete, deu a volta e abriu a porta para ela.

— Você está bonita — ele a elogiou.

Guilherme vestia bermuda, chinelos e uma camisa de malha amarela.

— Você também — ela retribuiu.

Guilherme dirigiu com calma. As janelas estavam abertas e o vento esvoaçava os cabelos de Silvia. Ela admirava aquela pequena estrada e as paisagens de suas margens. Uma areia branca cobria o solo e algumas casas margeavam, ora formando quarteirões, ora condomínios. Silvia gostaria de viver em qualquer uma delas, desde que tivesse vista para o mar.

Parecia ser uma vida sossegada, nem muito perto da cidade para sofrer com os problemas urbanos, nem muito distante a ponto de impedi-la de usufruir daquilo que a cidade tinha de melhor em sua opinião: lojas, bons restaurantes e meios de comunicação que lhe permitissem entrar em contato com o mundo. No caminho, passaram por uma fábrica de sal, Silvia não sabia se estava desativada ou se ainda funcionava.

— Quer ouvir uma música? — perguntou Guilherme.

— Quero.

— Escolhe um CD — ele abriu o porta-luvas mostrando a ela onde os guardava.

Um amor de muitos verões

Silvia pegou o porta-CD e passou um a um. Sentiu uma grande satisfação ao ver todos aqueles discos originais de bandas que fizeram sucesso nas décadas de 80 e 90.

— Uau! Você tem muita coisa boa aqui. Nem acredito que tem esse CD do Nirvana. Eu ouvia muito esse som quando era jovem.

— Você ainda é jovem, por que não ouve agora?

Ela aceitou a sugestão e colocou. A batida daquele *rock and roll* a fez sentir-se muito bem. Sabia cantar a letra de *"About a Girl"* em um inglês quase perfeito. Recordava-se exatamente de cada variação de voz que Kurt Cobain fazia e cada arranjo que a música apresentava.

— Isso é muito bom! Fazia tempo que não escutava — disse ele, balançando a cabeça e batucando o volante.

— É sim. Eu era viciada nessa banda. Sabia todas as letras de cor.

Ficaram alguns instantes envolvidos por aquela atmosfera grunge que havia marcado a juventude de uma geração inteira.

— Já pensou onde vai ficar? — perguntou Guilherme.

— Pode ser em alguma feirinha ou um local onde tiver muitas lojas — disse ela.

— Vocês mulheres... Só pensam em compras! — brincou ele.

Não encontraram nenhuma vaga disponível e, por isso, ele parou em fila dupla para Silvia descer do carro. Guilherme queria deixar tudo combinado.

— Vamos combinar o retorno. Devo terminar de fazer minhas coisas por volta de meio-dia. Tudo bem?

— Claro. Te espero aqui mesmo? — perguntou ela.

— Pode ser. Aqui tem muitas lojas, você vai gostar. Tem um salão ali na esquina, é de uma amiga da Dora, minha madrasta. Fazem até massagens, caso você queira relaxar. Podemos almoçar juntos, o que acha?

— Almoçar?

— Sim. Busco você aqui meio-dia e vamos juntos a algum restaurante.

Ela olhou-o bem no rosto. Teve receio de aceitar. Mas... ele era um velho amigo. Que mal havia em almoçarem juntos?

— Está bem.

Guilherme deu a partida no carro:

— Até mais tarde.

— Tchau — ela acenou com uma das mãos.

Guilherme ficou animado por ela ter aceitado o convite. De lá, ele se dirigiu para o seu roteiro semanal, que envolvia visitar seus fornecedores para reabastecer o restaurante.

Há quatro anos ele tinha investido todas as suas economias naquele empreendimento, além de ter tomado um empréstimo no banco. No início, fora bem difícil. Apesar de ter trabalhado com seu pai tanto tempo no quiosque, havia grande diferença entre um estabelecimento e outro. Além disso, no quiosque estava acostumado a servir os clientes, às vezes ficava no caixa e raramente na cozinha. Não sabia como era árduo o trabalho de administrar um restaurante, ter de lidar ao mesmo tempo com clientes, funcionários e fornecedores.

Porém, naquela altura do campeonato, há quatro anos com as portas abertas, podia afirmar com toda a certeza que seus investimentos tinham dado certo. O empréstimo no banco já estava quitado e, fora a dificuldade de encontrar mão de obra qualificada e disposta a trabalhar, todo o resto ele estava tirando de letra. Havia cogitado a possibilidade de abrir mais um restaurante em outro ponto da cidade, mas logo desistiu da ideia, porque tinha dúvidas se conseguiria manter a qualidade e a boa administração nos dois lugares ao mesmo tempo. Lembrou-se do velho ditado da pombinha na mão e das outras duas voando. Então, preferiu deixar como estava.

Silvia olhou várias vitrines, experimentou roupas e biquínis, entrou e saiu de várias lojas. Resolveu aceitar a sugestão do amigo e fez uma boa massagem no salão da esquina. Fora muito bem tratada. Tomou um suco de abacaxi com hortelã bem gelado para se refrescar. Por volta de dez para meio-dia, ela resolveu voltar até o local que havia combinado com Guilherme. Para sua surpresa, ele já estava lá, estacionado, lendo alguns panfletos de ofertas de supermercado.

— Oi — disse ela, chegando perto da janela.

— Oi. Já acabou? — perguntou ele, sorrindo. — Se precisar, posso esperar mais um pouco.

— Já acabei sim, rodei tudo isso aqui. Estou morrendo de fome.

Ele desceu do carro e deu a volta, abrindo a porta para ela. Silvia não estava acostumada com aquilo. Achou engraçado e teve vontade de rir, mas controlou-se.

— Você vai ser sempre educado assim ou só nos primeiros dias?

Seu comentário não havia sido planejado, saiu sem querer. Ela se arrependeu. Guilherme não percebeu o tom de sarcasmo e levou na brincadeira, sempre aproveitando para jogar alguma indireta:

— Uma mulher como você merece que eu estenda até mesmo um tapete vermelho. Faria isso todos os dias da minha vida — disse ele fechando a porta e dando a volta.

Silvia sentiu-se constrangida. Queria ter ficado calada. Guilherme entrou no carro, colocou os papéis que estava lendo atrás do banco e deu a partida.

— Tem algum restaurante que você queira matar a saudade? — perguntou ele.

— Não conheço quase nada por aqui.

— Está com vontade de comer algo especial? Preciso saber, para pensar onde te levar.

— Apesar da praia combinar perfeitamente com um peixinho, estou louca para comer uma macarronada, acredita?

— Macarronada? Ótima escolha! Sei de um lugar perfeito. À noite, podemos comer peixe no meu restaurante.

Aquilo seria um convite? Silvia deixou passar.

Sentaram-se à mesa em um lugar bem aconchegante, com características situadas entre o popular e o sofisticado. Fizeram o pedido e estavam bebendo refrigerante.

— Você fez bem em vir para Arraial, esse lugar vai te renovar, tenho certeza — disse ele.

— Não consegui pensar em outro lugar.

— É porque aqui deve ter te marcado de alguma forma.

— Você sabe que sim.

Guilherme a observou. Queria tentar encontrar algumas respostas para questionamentos que voltavam a incomodá-lo.

— Por que será que perdemos o contato?

— Não sei, Guilherme. Me lembro que naquele último verão em que nos falamos ao telefone, eu estudei muito para o vestibular. Depois que passei na primeira etapa, tive de estudar para a segunda. No fim de janeiro eu estava exausta. Logo que entrei na faculdade comecei a me envolver em projetos e estágios, fiz muitas viagens promovidas pelo Diretório Acadêmico. Acabei não tendo a oportunidade de voltar para cá. Sem contar que eu e minha mãe mudamos de apartamento e eu não te escrevi com o novo endereço.

— Por isso as cartas voltaram — ele apertou os lábios.

— Você me escreveu outras cartas?

— Escrevi.

— Puxa, me desculpe.

— Tudo bem, não sou bom escritor mesmo.

Ele tentava tornar o fato menos grave do que realmente era. Silvia não imaginava o quanto ele se dedicava quando escrevia uma carta para ela e a ansiedade que sentia esperando por uma resposta que nunca chegava.

— Eu comecei a namorar, depois fiquei noiva... Enfim, acho que foi o tempo. Ou talvez tenha sido culpa minha. Não sei — lamentou Silvia.

— Não foi culpa sua. Foi o tempo mesmo. Eu também acabei me comprometendo com outras coisas e outras pessoas. Mas ainda tenho suas cartas guardadas.

— Eu era uma menina! — riu ela, saudosa.

— Era sim. Mas eu gostava. Você ainda tem as minhas cartas?

— Tenho. Guardei todas em uma caixa. Meus objetos de quando eu era solteira estão na casa da minha mãe. Ela tem um quarto para mim onde mora.

— Na fazenda?

— Sim, ela fez um quarto lá para mim e montou tudo do jeitinho que era. Disse que se um dia eu precisasse, sempre poderia voltar, pois ela estaria de braços abertos para me receber — Silvia suspirou. — Mas não vou voltar, vou viver a minha vida, morar sozinha, trabalhar e reconstruir o que for necessário.

— Para onde viajou com o pessoal da faculdade?

— Para muitos lugares bacanas, você iria gostar. Fui para Florianópolis, Curitiba, Foz do Iguaçu, Uberlândia, Boa Vista...

— Em Roraima? — surpreendeu-se ele.

— Sim.

— Foi longe, hein?

— Pois é. Também fui a São Paulo, Rio de Janeiro e conheci Buenos Aires. Acho que só isso.

— Só?! Foram muitas viagens! Você fez faculdade de quê?

— Ciências Contábeis.

— Legal.

— E você, Guilherme, conseguiu passear nesses anos todos?

— Bom, além das cidades aqui por perto, já fui várias vezes ao Rio e uma vez a São Paulo, e também estive em Buenos Aires com alguns amigos argentinos que fiz em Arraial. Foi só.

— Você gostou de Buenos Aires?

— Apesar do frio que passei, achei a cidade muito bonita.

— Também passei muito frio quando fui a Curitiba. Não havia blusa que me esquentasse.

Eles riram.

— Do que mais gostou em Buenos Aires? — perguntou ela.

— Se eu te falar, você vai rir.

— Não vou não — ela balançou a cabeça.

— Do zoológico.

— Sério, Guilherme? Por quê?

— Fiquei apaixonado por aquele urso polar. Foi a coisa mais linda que já vi na minha vida.

— Que exagero! — ela riu, bebendo um gole de refrigerante.

— É, você está certa. Tem duas coisas mais bonitas que o urso polar.

— O Pontal do Atalaia... — Silvia lançou um olhar questionador.

— Acertou.

— E... — ela pensava, tentando adivinhar.

— Você.

Silvia o olhou constrangida e abriu um leve sorriso, baixando os olhos. Guilherme continuou a olhando, sério. Ela ficou em silêncio, olhando para seu prato vazio.

— Quer outro refrigerante? — perguntou ele, quebrando o silêncio.

— Sim, obrigada.

Guilherme pediu e logo a comida foi servida. Estava tudo muito gostoso. Eles comeram e conversaram sobre outras coisas que haviam vivido durante os anos que se passaram.

Já havia um tempo que estavam juntos à mesa e ele percebeu que Silvia ficou impaciente por causa do celular que tocava em sua bolsa pela quarta vez. Apesar de estar no silencioso, Guilherme sabia que o telefone estava vibrando.

— Me dá licença para eu pegar o celular para desligar?

Um amor de muitos verões

— Sim, claro, fique à vontade. Pode atender, se quiser. Não se preocupe comigo.

Ela abriu a bolsa e olhou as chamadas no visor. Atento à expressão dela, ele percebeu o seu semblante se tornar magoado e tenso. Silvia desligou o telefone e o guardou na bolsa, pensativa.

— Tudo bem? — perguntou ele.

— Me desculpe.

— Não quer atender? Não é importante?

— Não quero estragar o nosso almoço.

— É o seu ex-marido?

— Sim, é ele.

— Ele ainda está tentando voltar para você?

— Não... Deve ser algum assunto sobre a papelada do advogado. Mas não quero me preocupar com essas amolações durante os dias que eu estiver aqui. Vim para Arraial justamente para me afastar disso tudo. Eu estava sufocada — seus olhos ficaram marejados.

Depois de alguns instantes de silêncio, Guilherme perguntou:

— Quer me contar o que aconteceu?

Ela ficou em dúvida, não queria aborrecer Guilherme com os seus problemas. Porém, queria desabafar, precisava disso. Não havia falado com ninguém, nem mesmo com sua mãe. Sentia-se sozinha e angustiada.

— Eu o conheci enquanto estava na faculdade. Éramos de turmas diferentes, mas fazíamos o mesmo curso e tínhamos amigos em comum. Namoramos por quase quatro anos e, então, nos casamos. Ficamos juntos por quase nove anos no total, entre o namoro e o casamento. Foram bons anos, não posso negar.

"Mas eu comecei a senti-lo distante, passou a chegar tarde do trabalho, sair muito com os amigos, sair no final de semana sem mim. Pensei que estava usando drogas ou se envolvendo em alguma coisa ilegal, fiquei aterrorizada. Comecei a vasculhar, ficar atenta. Ouvi então uma conversa dele ao telefone, ele falava baixinho, mas o silêncio da madrugada me permitiu ouvir tudo. Porém, foi aí que tive a certeza de que era outra mulher. Só não conseguia acreditar. Como ele poderia fazer aquilo? Éramos felizes, confiávamos um no outro. Mas eu não falei nada."

"No dia seguinte, o esperei sair do serviço. Eu mandei o taxista seguir o carro dele. Vi quando entrou em um motel. Fiz isso mais duas vezes até que reconheci a garota. Eles iam cada um no seu carro, sempre ao mesmo motel e, em seguida, ele saía sozinho no carro dele e ela logo atrás no outro veículo."

"Eu já tinha visto aquela mulher antes, em algumas situações quando o acompanhei a eventos dos conhecidos dele, mas não sabia quem era, nem como haviam se conhecido."

"Depois de ter certeza absoluta de que ele tinha uma amante, cheguei um dia bem tarde em casa, quase uma da manhã. Ele estava me esperando no sofá, todo preocupado. Perguntou nervoso onde eu estava e eu respondi agressivamente: 'Estava em um bar, bebendo sozinha. E você? Onde estava das seis às oito da noite?'. Eu estava um pouco bêbada. Ele ficou branco. 'Nem tente mentir para mim, Miguel, eu te segui a semana toda, já sei onde foi e com quem. Só espero que você me poupe de uma discussão e saia logo daqui'. 'Sair?', perguntou ele. 'Sim, Miguel, sair, sumir da minha frente, desaparecer da minha vida. Vá ser feliz com a outra!'"

"E, então, ele se desesperou, chorou, se ajoelhou e pediu perdão, fez juras de amor e se difamou, disse que era um idiota. Me fez acreditar que havia sido apenas um escorregão, algo de momento. Disse que me amava e desejava só a mim. Eu realmente queria acreditar. Eu o amava e não queria que nosso casamento acabasse. Por isso, eu o perdoei."

— Então ficaram bem?

— Sim, eu consegui esquecer tudo, de verdade, passar uma borracha e continuar vivendo com ele. Já que tinha dado a ele outra chance, não seria justo ficar jogando a traição na cara dele, nem viver desconfiada o tempo todo. Ficamos bem por um período. Mas recentemente descobri que o adultério não havia terminado. Descobri por acaso, quando saí com uma amiga que não via há muito tempo. Fomos a um restaurante mais refinado. Ela veio do exterior, eu queria levá-la a um lugar chique. Quando nos sentamos, vi Miguel entrar de braços dados com a amante. A mesma mulher que eu vi saindo do motel da outra vez, a mesma! Ele arregalou os olhos ao me ver e soltou o braço dela. Eu não conseguia tirar os olhos da barriga dela, grande como de uma grávida. Me levantei e fui até eles. A garota, visivelmente mais nova que eu, me olhou assustada, mas ao mesmo tempo atrevida. Ela sabia que aquela era a oportunidade de passar a ter o Miguel só para ela. 'Você está grávida?', perguntei. 'Sim, estou. E Miguel é o pai, não tenho dúvidas disso'. Minha amiga ficou abismada. 'Vamos sair daqui, Silvia', ela disse assustada. Miguel temia um escândalo e disse: 'Vamos lá pra fora para resolvermos isso, por favor, não vamos dar vexame'. 'Vexame, eu? Não há nada o que resolver, Miguel', disse, tirando minha aliança do dedo e colocando na mão dele. 'Sejam felizes!'. Então, saí do restaurante com a minha amiga."

"Fiquei uma semana hospedada com ela num hotel, e quando voltei para minha casa ele já havia retirado todas as suas coisas. Deixou quase tudo para mim, levou somente suas coisas pessoais, roupas, discos, sapatos e um *laptop*. Pedi o divórcio. Dessa vez, ele não argumentou. Estava numa sinuca, até eu descobrir e terminar tudo de vez. Isso para ele foi um alívio, eu saí do caminho para que pudesse se juntar à outra e formar uma linda família."

Guilherme fechou o punho e deu um soco discreto na mesa.

— Que canalha!

— Pois é — ela levantou uma das sobrancelhas, concordando.

— Quanto tempo tem isso?

— Poucos meses.
— Cretino! — ele estava furioso.
Silvia suspirou e fez uma expressão de pesar.
— Foram uns cretinos, mas se apaixonaram. Aconteceu, ele parou de me amar para amar outra. O que se pode fazer? É um absurdo, mas não é impossível. Só penso que ele poderia ter sido sincero, acabado o relacionamento comigo primeiro para depois começar com ela. Eu merecia a verdade.
— Por que, então, ele implorou por mais uma chance, já que estava apaixonado por outra?
— Talvez ele ficou assustado com a palavra divórcio ou então, na época, ainda não a amava tanto assim.
— Como pode ser tão compreensiva?
— Acredite, quando os vi juntos, minha vontade era virar aquele restaurante de cabeça para baixo. Mas aprendi com minha mãe a ser prudente. Ela sempre foi uma mulher equilibrada e eu admiro muito essa característica dela. Às vezes eu tento me colocar no lugar do Miguel para tentar entender por que ele fez isso.
— Ele foi um estúpido por te perder. Não tinha o direito de fazê-la sofrer assim.
— O que está me corroendo mais o coração é o fato de eu não conseguir esquecer isso. Eu queria desejar o bem para eles e para o bebê, mas estou sentindo inveja, ciúmes, raiva, revolta. Isso está me fazendo mal.
— Não se culpe, Silvia. Isso é normal. Acho que eu também me sentiria assim. É tudo muito recente.
Ao continuar a história, Silvia pareceu ainda mais amargurada. As lágrimas corriam-lhe pelo rosto. Guilherme ouvia com atenção.
— Logo depois que me casei, tentei engravidar, fiquei muito tempo tentando e não consegui. Procuramos um médico e descobrimos que estava tudo bem com o Miguel, mas comigo não

— ela fez uma pausa e depois continuou: — Descobri que não posso ter filhos.

Guilherme franziu o cenho e estreitou os olhos, chateado.

— Existem alguns tratamentos complexos e longos, os quais não oferecem muitas chances de sucesso — continuou ela. — Decidi não insistir. Não quero ficar lutando em uma batalha sem perspectivas de vitória e também não quero uma gravidez de risco. Não seria justo com a criança, caso eu tivesse complicações e gerasse um bebê fraco, debilitado, com alguma sequela.

Silvia começou a chorar com amargura. Guilherme se entristeceu, seus olhos ficaram marejados. Ele sabia que um dos sonhos de Silvia sempre foi ter filhos. Ela amava crianças.

— Eu pensei em adoção, mas Miguel não concordou, disse que não criaria o filho de outra pessoa e que, se o destino havia me impedido de ter filhos, que eu deveria me conformar. Disse que não queria tanto um filho assim, então eu desisti.

— Ele foi egoísta.

— E foi lá e fez um filho com a amante — ela travou os dentes, sentindo muita mágoa.

Silvia enterrou o rosto entre as mãos, soluçando, sofrendo. Guilherme sentou-se na cadeira ao lado dela e a abraçou. Ela correspondeu, recostando a cabeça em seu peito e chorando em seus braços por um longo tempo. Ele ficou em silêncio, aconchegando-a. Aos poucos Silvia se acalmou, enxugou o rosto e silenciou.

— Você é a primeira pessoa com quem eu converso sobre isso... Além da minha amiga, que viu toda a cena do restaurante. Obrigada por me ouvir.

— Sou seu amigo, pode desabafar.

Silvia respirou fundo, enxugou o rosto com um lenço e sorriu para Guilherme.

— É bom estar aqui com você. Sempre fomos amigos. Sempre ouviu minhas choradeiras sem reclamar — ela disse.

— Eu me sentia importante por você confiar em mim — ele revelou.

— Se lembra quando nos conhecemos? Eu toda revoltada com o meu pai?

— Lembro. E aí, vocês se reaproximaram?

— Sim, eu trabalho com ele, acredita? Ele também é contador e tem uma firma.

— Isso é bom, muito bom. Temos de aprender a perdoar, não é? Apesar de tudo, ele é seu pai e deve te amar.

— É. Mas naquela época eu não tinha a cabeça que tenho hoje e também tomei as dores da minha mãe.

— Eu também apoiaria minha mãe se estivesse no seu lugar. O que seu pai fez foi muito ruim. Mas as pessoas fazem escolhas que muitas vezes nos machucam. Precisamos esquecer, perdoar, seguir em frente.

Silvia apoiou o queixo em uma das mãos.

— Não é fácil.

— Não, não é — concordou ele.

— Você está mudado — confessou ela, depois de um breve silêncio.

— Como?

— Mais maduro.

— Estou velho.

— Não. Eu percebo sabedoria em sua fala.

— Eu tenho buscado sabedoria, isso é verdade.

— Onde?

— A verdadeira sabedoria vem de Deus. Precisamos pedir a Ele que nos dê esse saber.

Ela enrolou os cabelos e remexeu-se na cadeira.

— Eu acredito em você, mas não consigo abrir meu coração para fazer a mesma coisa.

— Sua sinceridade já é um bom começo.

Um amor de muitos verões

— Ótimo. Porque eu estou farta de mentiras — Silvia suspirou.

— Sabe, Silvia, de uma coisa você pode ter certeza, Deus a ama de verdade e jamais irá te trair. O que ainda resta de confiança e esperança em você, deposite Nele. Será a melhor maneira de sair desse deserto que você está passando.

Silvia ficou intrigada com aquelas palavras. Guardou-as no coração, embora seu ceticismo estivesse bastante apurado nas últimas semanas.

Quando Guilherme a deixou em casa, continuavam revivendo as memórias, conversando e rindo. Silvia ainda tinha aquela gargalhada gostosa.

— E aí, decidiu se vai ao meu restaurante hoje à noite? Quero muito que você conheça meu novo local de trabalho.

— Sim, eu vou, mas com uma condição — ela levantou o dedo indicador, como se fosse dar uma ordem.

— Já sei, deixar você pagar a conta!

— Isso mesmo.

— Vou pensar no assunto. Te espero lá pelas oito, pode ser?

— Pode.

Guilherme se despediu e dirigiu para o restaurante, a fim de descarregar a caminhonete. Depois de resolver tudo, foi para casa descansar um pouco.

— Volto às seis e meia — informou ele a um dos funcionários.

Ao chegar em casa, tomou uma chuveirada e deitou-se na cama, ligando o ventilador de teto. Pegou o controle da TV e a ligou, passou alguns canais e, entediado, desligou. Levantou-se, foi até o carro, pegou o CD do Nirvana e colocou para tocar no som de seu quarto. Deitado em sua cama, apoiando a cabeça nos braços, Guilherme se lembrou do segundo verão em que Silvia esteve em Arraial. Fora o melhor de todos!

O SEGUNDO VERÃO

Durante todo o primeiro semestre, Silvia fez sua mãe prometer várias vezes que faria de tudo para que pudessem voltar a Arraial do Cabo nas férias de janeiro posteriores. Com o passar dos meses, o cotidiano foi absorvendo os pensamentos e interesses da garota e ela parou de falar sobre o assunto. Escrevia algumas vezes para Guilherme e as cartas dele em resposta chegavam logo em seguida.

Aquele havia sido um ano de conquistas para Silvia no que dizia respeito à sua liberdade. Se em Arraial ela podia passear livremente, sua mãe raramente a deixava sair sozinha na cidade em que viviam. Sempre se certificava de que algum pai ou alguma mãe estaria acompanhando o grupo de amigos com os quais Silvia se relacionava. Os pais se conheciam e os jovens tinham o hábito de frequentar a casa uns dos outros.

Foi naquele primeiro ano do ensino médio que Rebeca permitiu pela primeira vez que sua filha fosse ao cinema sozinha com os amigos. Era dentro do shopping, que parecia ser um lugar seguro, e ela não via mais problema nisso, afinal, Silvia já era uma moça. *Foi um dos dias mais legais da minha vida*, pensava Silvia. Ela havia ido e voltado de ônibus, circulado com os amigos pelo shopping livremente e, desde que chegasse no horário estipulado por sua mãe, ela podia fazer o que sua consciência permitisse.

Silvia crescia, sua beleza se tornava mais visível e sua personalidade mais forte. Tinha várias amigas que gostavam muito dela e algumas inclusive disputavam sua amizade. Os garotos passaram a prestar mais atenção nela.

Ian havia saído do colégio e Silvia não pensava mais nele. Embora Guilherme marcasse uma forte presença em seu coração, as cartas ficaram esparsas, não havia telefonemas e janeiro ainda estava longe. Silvia não planejava namorar ninguém. Era mais reservada que suas amigas, porém, fazia sucesso entre os garotos, mesmo sem querer. Um deles acabou lhe despertando o interesse. Era um pouco mais velho que ela, aluno do terceiro ano do ensino médio. Não sentia exatamente uma paixão por ele, mas o achava bonito.

Dessa vez ela havia ficado de bico fechado e nunca revelou a ninguém o seu interesse. Não queria que seu nome circulasse pelos corredores da escola e nem gostaria que aquele garoto soubesse o que ela sentia e pensava.

Foi em uma festa de quinze anos de uma amiga em comum que eles se aproximaram pela primeira vez. Silvia curtia muito festas assim, pois gostava de se produzir, da beleza da decoração do salão, da comida que era servida, da valsa. Ela não teve uma festa como aquela, mas isso não tinha importância. Sabia que Rebeca não tinha condições e, mesmo que Silvia tivesse concordado em se reaproximar de seu pai, não queria aceitar dinheiro dele. Na verdade, ela preferia ser convidada de uma festa assim do que ser a própria aniversariante. Os convidados sempre pareciam se divertir mais.

César aproximou-se da mesa onde ela estava sentada com as amigas.

— Oi, posso te conhecer?

Silvia olhou para ele sem acreditar que era mesmo aquele gato do terceiro ano ali de pé, falando com ela. Seu coração acelerou as batidas.

— Sim, pode. Sou Silvia — disse ela, se levantando.

— Sou César — disse ele, dando-lhe dois beijinhos, um de cada lado do rosto. — Quer dançar?

— Quero.

As músicas eram agitadas e ficaram um de frente para o outro, balançando o corpo.

— Você estuda lá no colégio, não é?

— Sim, sou do primeiro ano — ela respondeu, um pouco acanhada.

— Eu sei, já te vi lá. Que bom que você veio, tem um tempão que queria conversar com você.

— É mesmo?

— Sim. Acho você muito bonita e queria saber se você quer ficar comigo.

Silvia sabia o que aquilo significava. Ficariam juntos naquela noite, se beijariam, se abraçariam, dançariam juntos, andariam de um lado para outro de mãos dadas e, por fim, se despediriam com um último beijo e ponto-final. Aquilo significava "ficar". Na segunda-feira se cumprimentariam rapidamente com um beijo no rosto, mas provavelmente não iriam sustentar um relacionamento dentro da escola. Se encontrariam em alguma outra festa e talvez, muito talvez, ele lhe pediria para ficar de novo, o que duraria apenas mais uma noite. Mas Silvia não se importava com aquilo, não queria namorar. Queria apenas beijá-lo e abraçá-lo e sentir-se amada por ele, nem que fosse só enquanto durasse a festa.

E eles se beijaram.

Silvia chegou em casa exausta. Seus pés doíam por causa dos saltos, que lhe apertaram durante toda a noite. Ela tirou os sapatos e passou um pano úmido para limpá-los, jogou um pouco de talco antisséptico e os guardou no armário. Tirou o vestido e o guardou na capa, pendurando no cabide e colocando-a de volta ao armário de sua mãe. Era impressionante como as roupas de Rebeca cabiam direitinho nela. Foi até o banheiro e retirou a maquiagem com algodão e demaquilante, depois tomou uma chuveirada sem molhar o cabelo, colocou o pijama e se deitou.

A festa foi boa e ela se sentia feliz. Pensou em César e teve pena por saber que aquilo não iria se repetir. Ele nem ao menos lhe pedira o telefone. Todo garoto interessado pedia o número da menina. Lembrou-se subitamente de uma coisa, Guilherme também não lhe pedira aquela informação. Silvia se lembrava dele lhe pedindo seu endereço para enviar cartas, mas se tivessem trocado telefone, o contato entre eles ficaria mais fácil. Ela balançou a cabeça, reprovando a si própria por não haver pensado naquilo antes. Fechou os olhos e adormeceu.

Guilherme estava namorando Priscila, uma vizinha sua. Se encontravam quase todos os dias, na escola e fora dela. Não eram apaixonados, mas gostavam um do outro, estavam se curtindo. Ele ainda pensava em Silvia, mas tentou tirá-la de cabeça depois de não ter tido resposta para a última carta. Agora que estava com Priscila, não seria honesto ficar escrevendo para outra garota.

Certa vez, lembrou-se da promessa que havia feito, de tentar visitá-la em Belo Horizonte. Procurou saber o valor das passagens e dos hotéis. Chegou a juntar dinheiro, mas a caminhonete de seu pai quebrou mais uma vez e o custo do conserto ficara tão alto que Guilherme se ofereceu para ajudar o pai a pagar. Fora isso, ele gastava seu dinheiro com suas coisas do dia a dia, material de escola, suas aulas de academia e capoeira, dentre outras despesas.

O namoro com Priscila começou a esfriar. Discutiam com frequência e não tinham mais a mesma afinidade. Certa tarde, ela foi até o quiosque e terminou tudo. Ele ficou chateado por alguns dias, mas logo superou o assunto.

ARRAIAL MAIS UMA VEZ

Foi no mês de dezembro, logo no início das férias, que Rebeca trouxe à tona o assunto da viagem.

— Você vai querer mesmo ir a Arraial do Cabo nestas férias, filha?

Silvia sentiu seu estômago esquentar e seu coração acelerar.

— Não sei.

— Eu preciso saber, meu bem, temos de começar a organizar. Se não quiser ir para lá, podemos ir para outro lugar.

Silvia relembrou em *flashes* o que havia vivido no verão anterior e, no mínimo, estava curiosa para ver Guilherme outra vez.

— Eu quero, mamãe, vamos para Arraial.

Conseguiram alugar a mesma casa, pois Rebeca ainda tinha o telefone da proprietária e reservou com antecedência. Naquela época do ano a cidade ficava cheia e se o turista fosse sem planejamento, teria dificuldades de encontrar pousadas e boas casas para alugar para a temporada. Chegaram no início da manhã, depois de viajarem a noite toda. Rebeca estava exausta e Silvia, eufórica. Guardaram as malas, tomaram banho e comeram qualquer coisa.

— Vou me deitar um pouco — informou Rebeca.

— Acho que daqui a pouco vou dar uma volta.

— Tenha cuidado, meu bem, espere clarear um pouco mais.

— Sim, mãe.

Silvia trocou de roupa, organizou a bolsa de praia com chapéu, toalha, protetor solar e alguns trocados. Colocou seus óculos escuros e saiu. Foi até a Praia Grande. Caminhou um pouco pela calçada antes de descer os degraus até a areia. Nada parecia ter mudado por ali, mas tinha suas dúvidas se o pai de Guilherme ainda era o proprietário do quiosque. Passou por ele e olhou discretamente. Não reconheceu ninguém. Continuou caminhando até a beira do mar, molhou seus pés na água gelada e fez uma caminhada breve. Sentiu vontade de sentar um pouco e respirar aquele cheiro de praia. Olhou na bolsa e percebeu que havia se esquecido da canga. Não queria sentar direto na areia e, então, observando as cadeiras vazias dos quiosques, sentou em uma da ponta.

Ficou algum tempo ali, olhando o mar, o céu, as pessoas que chegavam aos poucos. Alguns jogavam futebol, outros rebatiam uma bola de vôlei. Um casal jogava frescobol e crianças mexiam na areia com pazinhas coloridas. Algumas mulheres espalhavam cremes em suas peles já bronzeadas. Silvia enterrou seus pés descalços na areia ainda úmida por conta da maré alta e se recostou na cadeira. O sol prometia uma manhã radiante. Ouviu, então, alguém se aproximar conversando com três senhoras que ocupavam uma mesa ao lado e depois a pessoa se aproximou.

— A senhorita pode ficar à vontade na cadeira. Estamos começando agora. Vou deixar o nosso cardápio aqui. Daqui a pouco começo a atender as mesas, caso queira beber ou comer alguma coisa. Qualquer pedido é só levantar a mão e me chamar, me chamo Guilherme.

Silvia o olhou dos pés à cabeça e fixou seus olhos nos dele, tirando os óculos. Guilherme parecia congelado. Sua boca entreaberta e suas mãos paradas no ar faziam-no parecer uma estátua. Logo um sorriso abriu-se em seu rosto e ele endireitou o corpo, baixando as mãos. Sua voz perdeu o tom de propaganda e ficou mais grossa e séria:

— Eu sabia que você viria.

Ela sorriu e olhou para baixo, tímida.

— Oi, Guilherme.
— Quando chegou?
— Hoje — disse, olhando de novo para ele.
— Vai ficar quanto tempo?
— Dez dias.
— É pouco para matar a saudade, mas muito para nos divertirmos. Veio sem namorado, não é?
— Eu não tenho namorado.
— Também estou solteiro. Que coincidência! — brincou ele.
— Aqui não mudou quase nada — ela mudou de assunto.
— Ah, mudou sim, tá vendo aquele prédio em construção? Uma parede foi rebocada.

Silvia deu uma gargalhada, lembrando-se de Guilherme contar que aqueles prédios estavam sendo construídos "há séculos" e pouca coisa era feita de um ano para outro. Guilherme gostou da risada dela. Estava muito feliz em vê-la novamente.

— Veio para ficar comigo? — indagou ele, com um sorriso maroto.
— Não seja convencido, vim para passear.
— Não me diga que vou ter que te conquistar de novo?!
— Provavelmente. Estou me sentindo muito tímida — disse ela, sincera.
— Não tem problema, sei que você é uma garota difícil, mas tenho certeza de que vou conseguir ao menos um beijinho seu.

Ela sorriu ainda mais tímida.
— Topa dar uma volta hoje? — convidou ele.
— Sim.
— Tem que pedir para sua mãe?
— Não mais, só avisar.
— Bom... Posso te pegar às sete?
— Pode. Estamos na mesma casa.
— Ótimo.

Alguém chamou Guilherme no quiosque.

— Só um minuto — disse ele, se afastando.

Logo voltou com uma água de coco e entregou a ela.

— Cortesia da casa.

— Mas...

— Apenas beba. Não me fale em pagar — disse ele saindo de novo.

Silvia bebeu e estava uma delícia. Tempo depois se levantou, calçou seus chinelos, jogou o lixo no cesto e caminhou em direção à calçada. Queria despedir-se e correu os olhos pela praia, procurando por Guilherme.

— Procurando por mim? — perguntou ele, aproximando-se dela.

Ela se virou, sorrindo.

— Vou deixar você trabalhar. Vou para casa dormir um pouco. Viajamos a noite toda.

— Tudo bem. Não vejo a hora.

— Até mais tarde — despediu-se ela, se afastando.

Ele a observou caminhar na areia. Como estava linda!

— Silvia!

Ela se virou e ele se aproximou.

— Não vou conseguir esperar até mais tarde — declarou ele, a pegando pela cintura e a beijando na boca.

Ela foi surpreendida e pensou em resistir. Mas não havia nenhum motivo para afastar-se. Era exatamente aquilo o que queria.

Silvia acordou por volta das duas da tarde. Tomou um banho demorado e lavou os cabelos. Penteou-se e enrolou algumas mechas tentando fazer cachinhos mais bem definidos. Colocou uma calça jeans de *stretch* de cintura baixa, uma camiseta branca e um colete de crochê amarelo com mangas curtas, por cima. Mudou os brincos de bolinha dourada por argolas pequenas prateadas, colocou um colar de miçangas e um relógio de pulso.

Levava no umbigo um *piercing* que havia feito escondido de sua mãe, fato que fora motivo de uma briga feia entre as duas. Passou um brilho rosado nos lábios e delineador de olhos preto na linha dos cílios inferiores. Molhou seu dedo indicador em um perfume adocicado e passou no pescoço de um lado e de outro. Por fim, olhou-se no espelho e aprovou o visual.

Rebeca estava sentada à mesa, cercada de muitos papéis.

— Nem aqui você para de trabalhar, mãe?

— Ah, meu bem, eu preciso finalizar este projeto o mais rápido possível. Não penso em outra coisa.

— Não quero ser decoradora nunca. Deus me livre trabalhar em plenas férias!

Rebeca reparou no quanto a filha tinha caprichado no visual.

— Vai sair?

— Sim, vou dar uma volta na cidade — informou a menina.

— Aposto que reencontrou aquele rapaz.

— Como adivinhou?

— Você está muito bonita.

Silvia deu uma volta em torno de si, brincando de desfilar.

— Acredita, mãe? — disse ela empolgada, sentando-se à mesa. — O vi lá na praia e ele continua lindo.

— Foi gentil com você?

— Sim. Pareceu surpreso em me ver e me convidou para dar uma volta.

Rebeca folheou alguns documentos.

— Tenha cuidado, minha filha. Ele é mais velho que você.

— E o que tem isso?

— Você sabe — ela encarou a filha.

— Até parece que os garotos só pensam naquilo, mãe.

— Não disse que *só* pensam naquilo — Rebeca enfatizou. —, mas pensam. E isso já é preocupante.

— Eu também penso de vez em quando.

Rebeca olhou para a filha com ternura.

— Pensar nisso é normal, meu bem, mas é algo muito importante e que requer muita responsabilidade.

— Como vou saber se algum dia estarei preparada?

— Não sei. Talvez quando for mais velha e mais madura. Sexo não é para crianças, é coisa de adulto.

— Mas eu não sou criança! — Silvia se defendeu.

— E também não é adulta — rebateu a mãe. — O que sei, minha filha, é que é algo muito íntimo e importante. Não deve ser banalizado, como fazem alguns jovens. Além disso, há muitas chances de nos arrependermos. Melhor seria que fosse com alguém que você planejasse um futuro. Não tenha pressa. Lembre-se de que vamos embora em dez dias e que você provavelmente não verá Guilherme nunca mais.

— Eu sei. — A garota encolheu os ombros.

— E quando chegar a hora, não se esqueça jamais...

— Eu sei, mãe, o preservativo. — Silvia revirou os olhos.

— Há muitas doenças horríveis por aí, meu bem, isso é uma coisa muito séria.

— Eu sei, eu sei. Também não quero ter um bebê. Só daqui a muitos anos.

— Então tem de se prevenir. Alguns garotos dificilmente pensam nessas coisas. Por isso, a mulher precisa ter responsabilidade em dobro.

As duas continuaram conversando sobre isso e sobre outras coisas. O relógio marcava cinco para as sete quando Guilherme bateu à porta.

— Deve ser ele — Silvia se levantou depressa.

— Divirta-se. Juízo, meu bem.

— Sim, mãe. Não se preocupe — a menina deu um beijo no rosto de Rebeca, despedindo-se.

Silvia abriu a porta.

— Oi.

— Oi — ele lançou-lhe um sorriso atraente. — Você está linda!

A garota sorriu de volta, fechando a porta atrás de si. Ele a observava atentamente. Ela havia mudado um pouco. Deixara aquele ar de criança para trás.

— Aonde vamos? — ela quis saber.

— Tem um mirante aqui perto, você já foi?

— O Pontal?

— Não. Se chama Mirante da Boa Vista — informou o garoto.

— Então nunca fui — Silvia balançou a cabeça, negando.

— Consegui uma moto para irmos até lá.

— Uma moto? — perturbou-se ela.

Guilherme apontou para a moto encostada ao meio-fio.

— Topa?

— Não sei se minha mãe vai gostar de me ver em cima de uma moto.

— Você já andou numa dessas?

— Nunca.

— Tenho certeza de que vai gostar.

Ele desamarrou os capacetes e deu um a Silvia. Ela colocou meio sem jeito e deu adeus aos seus cachinhos perfeitos. Ele a ajudou a prender com segurança. Em seguida, Guilherme colocou o seu capacete e subiu na moto.

— Vem — ele a chamou com um gesto de cabeça.

Ela subiu na garupa e segurou na cintura dele. Guilherme deu a partida e seguiu em frente. Silvia o segurou com força, sobressaltada.

— De quem é a moto? — gritou ela para que o garoto pudesse ouvi-la.

— De um amigo meu.

Era impossível conversar com todo aquele barulho.

Guilherme continuou em frente até se afastar da casa dela.

Chegou à orla, a contornou e, mais à frente, virou à direita, subindo um grande morro. Silvia já podia ver a paisagem se descortinando à sua frente. Ele parou quando já estava no topo. Numa área mais plana, estacionou e desligou a moto. Era uma vista muito bonita. A Praia Grande parecia ainda mais bela ali de cima. Dava para ver quase toda a planície, as casas lá embaixo e a estação de tratamento de efluentes. Viam-se alguns condomínios, dentro deles havia piscinas e quadras. Silvia sempre teve a curiosidade de vê-los por dentro. Mais adiante havia uma mata, parecia ser composta por pinheiros, algumas dunas, o mar brilhante e infinito.

— Vou tirar umas fotos — ela tirou a câmera da bolsa.

Guilherme ficou recostado na moto, segurando os dois capacetes, enquanto ela tirava as fotografias. Ela tirou uma dele, pegando-o desprevenido. Tirou algumas de si própria, esticando a mão à frente. Depois aproximou seu rosto do dele e tirou uma foto dos dois.

— Deixa eu tentar — pediu ele.

Ele esticou a mão com a máquina para a frente, imitando-a, beijou no rosto e capturou a imagem.

— Quer que eu tire de você com o mar ao fundo?
— Sim — assentiu ela, fazendo pose.

Ficaram mais um tempo naquele lugar e depois foram dar mais algumas voltas. Guilherme circulou com ela pela cidade, mostrando alguns lugares que costumava frequentar, a escola onde estudava e algumas mudanças que Arraial tinha sofrido.

— Estou com sede — informou ela.

Pararam em uma lanchonete e compraram suco.

— Quer comer alguma coisa? — ele ofereceu.
— Não, obrigada.
— Tenho outro convite para te fazer.
— Qual?

— Que tal irmos até Búzios hoje?
Ela teve dúvidas.
— Voltaríamos muito tarde — ponderou ela.
— Qual é o problema? — argumentou Guilherme.
— Não posso. Tenho de estar em casa às onze.
— Certo. Podemos ir amanhã então. Saímos mais cedo e chegamos antes das onze.
— Talvez... Preciso ver.
Ele riu.
— O que é? — Silvia sentiu-se contrariada.
— Nada.
— Por que está rindo?
— É engraçado você ter de ficar dando satisfações à sua mãe.
— Por quê?
— Porque você não é mais criança.
— Mas ela se preocupa comigo.
— Eu sei.
— Não gosto que me critique dessa maneira — ela fechou a cara.
Guilherme percebeu que a havia aborrecido.
— Me desculpe. É que não estou acostumado com isso. Quando minha mãe morreu eu era bem pequeno e meu pai nunca teve esse controle sobre mim.
— Não é controle, Guilherme, é uma forma de amar.
Guilherme sentiu-se constrangido.
— Quem ama se preocupa, quer ter a certeza de que a pessoa está bem e não corre perigo — completou ela.
— Você está certa.
— Além disso, não acho que seja uma boa ideia pegar estrada a esta hora. Vai estar escuro e você nem carteira de moto tem. Seria muito imprudente.
— Está bem, já entendi. Não precisa dar sermão — ele pareceu meio ríspido.

Ela sentiu raiva da resposta dele e seu semblante demonstrava isso. Guilherme percebeu que havia sido indelicado e se aproximou dela antes que aquela discussão se prolongasse.

— Me desculpe, Silvia, você está certa. Não tenho o direito de questionar o relacionamento entre você e sua mãe. Nem mãe eu tenho para saber o que é isso. Vem cá, não fica triste comigo, por favor. Vamos apenas matar a saudade e nos divertir, tudo bem?

Ela abriu um pequeno sorriso, deixando sua raiva ir embora.

— Vem cá — ele a abraçou.

Ela correspondeu ao abraço e se beijaram. Sentaram-se na praça e trocaram mais alguns beijos curtos, conversando sobre o que havia se passado em suas vidas ao longo daquele ano. Aos poucos foram se entrosando de novo e logo a amizade já estava restabelecida.

NA BEIRA DO MAR

Pela manhã, Silvia e sua mãe acordaram um pouco mais tarde do que de costume. Tomaram café e saíram para caminhar na praia. Caminharam primeiro no sentido norte, onde, à noite, dava para ver muito adiante as luzes de Monte Alto. Depois retornaram no sentido sul-sudeste, até as rochas.

Um grupo de homens segurava duas cordas grossas de uma imensa rede de pesca que estava submersa no mar. Cada corda era puxada por treze homens, Silvia fez questão de contar. Dentre aqueles homens havia alguns mais jovens e quatro ou cinco idosos. Alguns garotinhos com cerca de oito anos pegavam nas pontas das cordas, acreditando que a força que faziam era uma ajuda significativa. Silvia escutou o diálogo entre um garotinho que puxava a corda e outro que tinha as mãos livres.

— Aí, você quer pegar peixe? — o sotaque carioca soou agradável aos ouvidos da mineira.

— Quero — respondeu a outra criança.

— Então tem que ajudar. Se não ajudar, não ganha peixe — afirmou o garoto de forma autoritária.

O outro se juntou ao amiguinho, segurando a corda. Silvia riu sozinha dos dois. Os homens puxavam a rede devagar, parecia que aquela tarefa exigia bastante força. Puxavam, dando passos para trás e, então, o último soltava e caminhava para frente, passando a ser o primeiro da fila. Silvia se lembrou da brincadeira "cabo de guerra", quando duas equipes disputavam quem tinha mais força e conseguia puxar mais. Naquele caso, eram os homens contra o mar. Ela e Rebeca pararam a caminhada e sentaram na areia para esperar o resultado daquele esforço todo. Assim como elas, outros curiosos se aproximavam. Alguns queriam peixes, que os pescadores costumavam distribuir. No caso das duas, queriam mesmo era saber o que viria com aquela rede. Aquilo era um exercício de paciência para Silvia, pois parecia que demoraria uma eternidade para que aqueles homens conseguissem puxar as cordas completamente.

Quando a rede se aproximou da praia, alguns peixes conseguiam pular por cima dela e saltar para a liberdade. Outros vinham emaranhados, praticamente mortos pelos ferimentos. Viram peixes de tamanhos variados, os menores eram jogados de volta ao mar. Viram um caranguejo e duas arraias, que também foram devolvidos ao mar. Alguns "peixes voadores" chegaram sem vida e Silvia teve pena ao saber que morreram em vão, pois não costumavam ser consumidos. Muitas águas-vivas, nenhum tubarão, nem tartaruga. Mãe e filha se levantaram e voltaram, comentando aquele assunto.

Mais tarde, Guilherme encontrou as duas deitadas na areia, sobre cangas.

— Bom dia, Rebeca. Bom dia, Silvia.

— Bom dia, Guilherme — cumprimentou Rebeca.

Silvia apenas sorriu.

— Vocês duas têm planos para hoje, mais tarde?

— Ainda não — Rebeca respondeu.

— Tenho um primo, ele é maior de idade e tem carteira. Ele e a esposa irão à Búzios e eu gostaria de convidá-las para ir conosco. É bem perto daqui e voltamos hoje mesmo, à noite. Querem ir?

— Tenho que terminar um projeto... — ponderou Rebeca. — Acho perigoso Silvia ir para tão longe...

— Não precisa ficar sem graça de ir com a gente, Rebeca, estou te convidando de verdade. Lá é bem legal e é pertinho. Com certeza já ouviram falar de Búzios nas novelas e nas revistas de celebridades. Da outra vez não conheceram... Vale a pena.

— Tem certeza de que quer que eu vá junto? — ela perguntou ao garoto.

— Claro, absoluta! — Guilherme respondeu com sinceridade.

— Você quer ir, Silvia? — Rebeca olhou para a filha.

— Quero, mãe. Vamos?!

— Está certo. Que horas combinaram?

— Cinco.

— Tudo bem, estaremos prontas.

Silvia e Rebeca já esperavam por Guilherme. Ele demorou um pouco para chegar. Nos bancos da frente estavam seu primo Leo e sua esposa Rita. Guilherme desceu da porta de trás, explicando o atraso:

— Oi, desculpa a demora. Tivemos de trocar um pneu.

Todos se cumprimentaram, as duas entraram no carro e Guilherme entrou em seguida, fechando a porta.

— Tudo certo? — perguntou Leo.

— Sim. Tudo ótimo. Prazer em conhecê-los — respondeu Rebeca.

— Então vamos. — Guilherme parecia empolgado.

Pegaram a estrada que ia até Cabo Frio e, então, contornaram uma rotatória e seguiram em direção a Búzios. A viagem durou cerca de uma hora. Foram ouvindo música e conversando. Leo contou que trabalhava em uma imobiliária e que os preços dos imóveis em Arraial estavam subindo muito. Rita possuía um salão de beleza juntamente com uma sócia, no centro de Arraial, e convidou Rebeca e Silvia para irem até lá um dia fazer uma hidratação nos cabelos e também as unhas. Rebeca contou que estava retomando a profissão de decoradora, que se sentia meio enferrujada, mas que estava animada. Guilherme contou do pai, da mãe

Um amor de muitos verões

que perdeu quando era pequeno, do quiosque. Rebeca ficou feliz em saber que o pai dele havia se apaixonado de novo.

— Que bom que ele encontrou uma pessoa bacana, ele deve ter sofrido muito quando perdeu sua mãe — especulou Rebeca.

— Eu era pequeno quando ela morreu, mas me lembro que ele ficou um tempão muito triste. Depois foi melhorando. A Dora é uma mulher de ouro. Agradeço a Deus por meu pai tê-la conhecido. Ela o ajudou a ser feliz de novo.

Rebeca ficou em silêncio, pensando em si mesma e no seu casamento arruinado. Depois daquela história do pai de Guilherme, ela teve esperança de que um dia também poderia encontrar um novo amor.

Entrando em Búzios, o fluxo de carros aumentou consideravelmente. A cidade atraía muitos turistas da região e de outras partes do Brasil. Alguns moradores do Rio de Janeiro possuíam casas para passar fins de semana e feriados. Existiam muitas pousadas. Silvia ficou impressionada com as construções belíssimas.

Leo circulou de carro pela cidade, para mostrar alguns pontos para elas. Arranjaram uma vaga com muito custo e estacionaram o carro. Seguiram a pé a maior parte do tempo, visitando as ruas de pedras, as lojinhas e observando os belos restaurantes. Silvia e Rebeca compraram algumas lembranças. Depois todos foram para uma das praias. No caminho, viram um navio gigantesco ancorado mais adiante, certamente seria um daqueles cruzeiros que Rebeca sonhava em fazer. Sua amiga havia feito e contou a ela que o navio era fabuloso, tinha cassino, piscina, restaurante, teatro, shows. Ela tinha medo de navegar, mas aquele navio parecia mais uma cidade do que um barco.

Ficaram em um restaurante à beira-mar, onde poderiam sentir-se mais confortáveis. Silvia e Guilherme, de mãos dadas, foram até o mar. A areia estava coberta por pedrinhas e conchas, dificultando a caminhada com os pés descalços. O fim de tarde estava ensolarado e poderiam curtir bastante a água.

— Vamos entrar e nadar um pouco?
— Vamos.

Antes de irem embora passaram por uma feirinha. Silvia queria fazer uma tatuagem de henna e parou em uma barraquinha, folheando a pasta de desenhos a fim de escolher um.

— Guilherme, vá dar uma volta. Não quero que veja o desenho que eu vou fazer.
— Por quê?
— Quero fazer uma surpresa.

Meio contrariado, Guilherme saiu, sentando-se à mesa com Rebeca, Leo e Rita. Quando Silvia se juntou a eles, estava com um sorriso no rosto. Guilherme se aproximou dela.

— Quero ver — pediu ele.

Ela virou de costas e abaixou um pouco a blusa, mostrando a parte posterior do ombro onde estava uma tatuagem de uma letra G bem elaborada, envolta a um ramo de flores. Guilherme olhou nos olhos dela, apaixonado, e a beijou.

— Ficou linda — o garoto elogiou.
— Gostou? — Silvia sorriu, satisfeita em agradá-lo.
— Muito — disse ele.

Em casa, de banho tomado, mãe e filha deitaram-se juntas na cama do quarto para assistir televisão.

— Foi muito bom hoje lá em Búzios, não é, mãe?
— Foi sim, meu bem. O Guilherme, o Leo e a Rita são pessoas muito bacanas e companhias muito agradáveis.
— Eu também gostei deles.
— Sabe, eu estava pensando sobre o Guilherme — disse Rebeca.
— Pensando o quê? — a garota questionou.

Um amor de muitos verões

— Ele parece gostar muito de você.

Silvia ficou um instante em silêncio antes de responder:

— Eu sei.

— E você?

— Eu o quê?

— Também gosta dele?

— E tem como não gostar? — a menina sorriu, ternamente.

— Gosta ou não?

— Gosto, mãe. Gosto sim. Por quê?

— Não quero que sofra — o semblante de Rebeca era grave.

— Sofrer, por quê?

— Porque vamos embora e você vai ficar apaixonada.

— Eu sei que vamos embora.

A menina virou de lado e apoiou a cabeça em uma das mãos, olhando para o rosto da mãe.

— Eu não quero que passe o ano inteiro com o coração apertadinho por causa desse romance.

— Ah, mãe. O ano inteiro eu não sei, mas que no início vai ser difícil, com certeza. Igual ao ano passado. Não se preocupe, eu sei como lidar com isso.

Rebeca passou a mão nos cabelos da filha:

— Sabe... Eu já vivi um amor à distância.

— Já? — Silvia ficou curiosa.

— Sim, quando eu era bem jovem, tinha vinte anos. Foi antes de eu conhecer o seu pai.

— Me conta, mãe! — suplicou a garota.

— Eu viajei com meus pais para o interior, minhas irmãs também foram. Fomos visitar a tia Nayade. Passamos uma semana do mês de junho em Dores do Campo. Tinha uma festa junina acontecendo, com barraquinhas, fogueira e danças. Um lindo rapaz se aproximou de mim e conversamos a noite toda. Ele também estava visitando alguns parentes que moravam na cidade. Combinamos de nos encontrar no dia seguinte, mas o meu pai não deixou eu e minhas irmãs irmos. Fiquei muito triste. Até chorei escondida no banheiro. Mas depois eu o vi na pracinha em uma tarde. Ele se aproximou de mim e eu consegui explicar porque não havia comparecido em nosso encontro. Ele entendeu, era um doce de menino. Não sei qual era o assunto, mas sei que conversamos por horas. Quando eu estava quase indo embora, ele me pediu um beijo e eu dei. Foi um selinho. Nada mais. Nos despedimos e dois dias depois eu fui embora. Nunca mais o vi. Fiquei apaixonada por muito tempo.

Rebeca suspirou, nostálgica. Eram lembranças agradáveis.

— Um beijinho só, mãe?

— Só um.

— Puxa vida! Como era o nome dele?

— Gustavo.

As duas ficaram em silêncio, pensando na vida. Rebeca, se deliciando com as lembranças da juventude, e Silvia, tentando imaginar como era a mãe quando adolescente. Os garotos deviam babar por ela, pois era uma mulher muito bonita.

BALEIA À VISTA

O dia estava bonito e ensolarado. Mãe e filha se divertiam na praia, deitadas em suas cangas sobre a areia. Desde cedo, Guilherme trabalhava no quiosque, caminhando de lá para cá, atendendo aos clientes. Sua pele dourada brilhava ao sol. De vez em quando, os olhares dele e de Silvia se cruzavam e trocavam sorrisos. Em um determinado momento, ele se aproximou correndo.

— Ei, vocês duas, levantem-se, depressa!

Silvia e Rebeca olharam para ele, surpresas pela forma como ele falava, e se levantaram curiosas.

— Olhem lá no mar, lá na frente. É uma baleia — ele apontou.

— Uma baleia? Sério? — exultou Rebeca.

— Sim. Vejam só, ela vai espirrar água para cima quando subir à superfície para respirar. Fiquem olhando nesta direção — indicou ele.

Elas ficaram alguns instantes olhando na direção indicada por Guilherme.

— Eu vi! — gritou Rebeca com alegria.

— Onde, mãe?

— Lá, minha filha, lá na frente. Sabe aquele esguicho que a baleia faz através do orifício que tem nas costas?

— Sei.

— Então, você vai ver um montão de água sendo jogado para cima. Fica olhando.

Silvia ficou atenta.

— Eu vi, eu vi! Que legal! É baleia mesmo?

— Sim. Com certeza! — confirmou Guilherme.

Mais pessoas na praia ficaram observando por um longo período. Algumas tentavam tirar fotos. Era uma visita inusitada daquele animal majestoso.

— Que baleia deve ser? — Rebeca quis saber.

— Não sei, pode ser jubarte — sugeriu Guilherme.

— Puxa vida, que legal! Será que ela vem mais para perto?

— É difícil, elas são muito inteligentes. Não costumam nadar em águas muito rasas.

Em Arraial, era comum a visão de animais extraordinários como aquele: baleias, tartarugas, peixes de várias espécies. Até de pinguins já se teve relatos. A natureza daquela cidade litorânea fazia jus ao ser reconhecida como um paraíso.

No mesmo dia, à tarde, Silvia e Rebeca, aceitando a sugestão de Guilherme, foram juntas conhecer mais uma das praias de Arraial. Chamava-se Praia do Forno e para chegar até ela era necessário subir por uma trilha íngreme, caminhando. Não era uma tarefa fácil para quem não estava acostumado. Por sorte, Silvia e Rebeca estavam exercitando-se todos os dias, mas ainda assim sentiram as pernas queimarem nas panturrilhas e nas coxas.

O esforço foi recompensado pela maravilhosa paisagem que se descortinou diante delas. Sentiam-se em um filme sobre ilhas perdidas, muito embora houvesse diversos turistas por ali, barraquinhas de alimentos e bebidas. Como o acesso era mais difícil e a aproximação de veículos limitada, as intervenções humanas eram escassas, preservando o local e sua beleza natural.

À noite, quando se encontrou com Guilherme na orla da Praia Grande, Silvia contou a ele sobre o passeio, tecendo inúmeros elogios acerca da Praia do Forno e de Arraial. O garoto ficava feliz em ouvi-la falar bem de sua cidade.

CIÚMES

Levantaram-se às oito da manhã. Rebeca sentia um pouco de dor de cabeça.

— Querida, vou terminar de tomar meu café e vou me deitar de novo, não estou me sentindo bem.

— O que foi, mãe?

— Acho que aquele hambúrguer de ontem não caiu bem, tinha ovo, bacon, muita coisa... Foi pesado para mim.

— Puxa, mãe. Que droga! Quer que eu compre um remédio?

— Não, eu tenho na minha mala. Você pode ir à praia sem mim.

— Claro que não, mãe, não vou deixar você passando mal sozinha.

— Eu não estou tão mal. É só uma indisposição.

Rebeca se deitou e Silvia ficou na sala, assistindo televisão com o volume baixinho. Mais tarde, Rebeca chamou a filha:

— Silvia, meu bem?

— Sim, mãe.

— É melhor comprar o nosso almoço. Escolha uma comida leve para mim. Aproveite para dar um alô para o Guilherme por mim.

— Está bem, mãe. Nao vou demorar.

Silvia saiu de casa com o dinheiro no bolso. Colocou um chapéu e os óculos para se proteger do sol. Passou pela praia, observou bem a área onde Guilherme costumava ficar e o quiosque, mas não o encontrou. Ficou chateada e desejou procurá-lo mais um pouco, mas não queria demorar, para que sua mãe não ficasse muito tempo sozinha. Gostava de cuidar dela e queria fazer-lhe companhia.

Passou pela rua das lojinhas. Estava distraída, seguindo o seu caminho. Entrou em um restaurante, deu uma olhada no *buffet*. Todas as carnes haviam sido preparadas como frituras e ela decidiu ir a outro lugar para tentar encontrar frango cozido, com menos gordura. Quando saiu do local para seguir até o estabelecimento seguinte, olhou rapidamente para o outro lado da rua, pronta para seguir seu caminho. Foi então que viu uma garota muito bonita, de biquíni, os cabelos presos em um rabo de cavalo. Ela conversava animada com um garoto, abraçando-o e beijando-o no rosto. O garoto era Guilherme.

Pode ser uma prima, uma amiga..., pensou Silvia. Mas a forma sedutora com que a garota tratava Guilherme não deixava dúvidas de que a intenção dela ia além da amizade. Ele não pareceu constrangido e nem um pouco desconfortável com aquela situação. Ao contrário, conversava com ela animadamente, pegando em sua cintura e sorrindo aquele sorriso lindo que Silvia pensava ser somente dela.

Mais do que raiva, uma profunda tristeza se abateu sobre Silvia. Ela não faria escândalo, na verdade queria sair dali sem que ele a visse. Contudo, seria difícil, pois ele estava virado para o seu lado. Seria questão de segundos para ele vê-la. E foi o que aconteceu. Ela desviou o olhar e seguiu para o restaurante mais à frente.

Guilherme sentiu seu corpo estremecer e a adrenalina do medo percorrer seu organismo. Era Silvia. Ele se despediu rapidamente da garota, que ficou sem entender o porquê daquela brusca interrupção na conversa. Guilherme seguiu a rua e viu Silvia entrando em um restaurante. Ele apertou o passo. Silvia pegou uma embalagem de alumínio e começou a servir o almoço de sua mãe. Escolheu com carinho os alimentos, combinando-os para que a refeição ficasse saborosa e leve. Seu coração estava partido e as lágrimas enchiam-lhe os olhos, exigindo dela um tremendo esforço para não começar a chorar ali na frente de toda aquela gente.

— Oi, Silvia — cumprimentou-a Guilherme.

Silvia sentiu uma pontada no peito ao ouvir a voz dele. Como deveria se comportar? Não queria fazer papel de boba. Mas ela não saberia ser falsa com Guilherme.

— Oi — limitou-se a responder, sem olhar pra ele.

— Não foi à praia hoje?

— Não — as respostas dela eram secas.

— Por quê?

— Minha mãe está passando mal.

— É grave? Ela está bem?

— Acho que é só uma dor de estômago.

Silvia servia a comida enquanto Guilherme a seguia. Ela foi até o local onde pesavam e vedavam a embalagem, pagou e saiu em silêncio, com a cara fechada. Guilherme permanecia caminhando ao seu lado, em silêncio. Ele tinha certeza de que ela o havia visto conversar com aquela garota e a intimidade entre eles, mas não sabia como contornar a situação.

Silvia fez o caminho inverso, retornando para sua casa, e a garota com a qual Guilherme conversava anteriormente ainda estava lá, em meio a outras pessoas. Ela lançou um olhar de espanto em direção a Guilherme e Silvia e pareceu ficar bem aborrecida.

— Sua amiga está te esperando — disse Silvia, com ironia.

— Ainda bem que você sabe que ela é só uma amiga — respondeu Guilherme, com firmeza.

— Você fica nessa pegação com todas as suas amigas?

— Que pegação?

Conversavam e caminhavam ao mesmo tempo. Silvia andava depressa e Guilherme precisava dar passos largos para acompanhá-la. Ela parecia querer se afastar dele.

— Não banque o idiota!

— Não seja grossa comigo.

— Volte a conversar com aquela sua amiga. Ela não deve ser grossa.

— Silvia, não faz assim, vamos conversar — ele a seguia, insistente.

— Não posso demorar, Guilherme, estou levando o almoço para a minha mãe.

— Não posso deixar você ir embora sem resolvermos isso.

Silvia parou de repente, virou-se para ele e disse:

— É fácil resolver isso. Me esquece!

Ele ficou estático, sem reação. Silvia voltou a caminhar depressa e se afastou dele. Guilherme passou a mão no rosto e uma sensação de desespero invadiu o seu ser. Ele acabara de perder Silvia. Ela havia terminado com ele. Dissera para ele esquecê-la. Não! Ele não aceitaria isso!

— Silvia! — ele se aproximou depressa e parou na frente dela, impedindo-a de prosseguir. — Não faz isso comigo!

— Guilherme, não enche o saco! Você estava no maior clima com aquela menina. Não vem me enrolar.

— De vez em quando eu fico com ela — ele confessou.

Silvia surpreendeu-se pela sinceridade dele. Ficou boquiaberta.

— Não é nada sério — ele baixou a cabeça, estava com a boca seca.

— Eu também não sou — Silvia ponderou.

— Você é meu amor — ele a encarou.

— Não vem com essa conversa fiada — Silvia fez um muxoxo com os lábios.

— Você sabe que não é conversa fiada.

— Mas eu vou embora.

— Pois é. E eu vou ficar aqui.

Silvia ficou em silêncio, pensativa. Ele estava certo. Afinal, o que ela queria? Que ele fosse exclusividade dela? Ficaram quase um ano sem se ver, era óbvio que ele tinha outros relacionamentos.

— Silvia...

— Sei que não posso exigir de você fidelidade, Guilherme...
— Você pode. Enquanto estiver aqui em Arraial, você pode.
— Mas aquela garota...
— Eu não fiquei com ela nenhuma vez enquanto você está aqui.
— Mas assim que eu for embora vai procurá-la no dia seguinte, não é?
— Não seja radical. Eu demoro bastante para sarar da tristeza que eu sinto quando você vai embora.
— Eu estou com ciúmes — ela começou a ceder.
— Me desculpe. Eu errei. Você está certa. Eu não deveria estar conversando com ela daquela maneira. Eu te desrespeitei.

Silvia respirou fundo, virando-se de costas, algumas lágrimas molharam o seu rosto. Ela as enxugou depressa.

— Não chora, Silvia, por favor.
— Estou fazendo cena, não é?

Ele aproximou-se dela, abraçando-a, e a beijou no rosto. Ela resistiu.

— Meu amor, não me rejeita. Me desculpa.
— Eu acho melhor a gente parar, Guilherme. Vai ser cada vez mais difícil dizer adeus. É uma loucura esta história de amor de verão. Eu não deveria ter voltado a Arraial.

Guilherme a soltou e se afastou, fechando a cara.

— Não fale isso. Nem pense numa coisa dessas. Quer acabar com a minha vida?
— Não...
— Não pode terminar comigo. Você gosta de mim, eu sei. Não faz sentido isso que você está dizendo. Se você não gostar mais de mim, se não quiser mais por que se cansou dessa minha cara feia, tudo bem, eu aceito. Mas ainda assim ficarei arrasado.
— Mas eu gosto. Você sabe que eu gosto.
— Então esquece essa ideia maluca de terminar comigo. Está proibida de pensar nisso, de tocar nesse assunto, de ao menos mencionar essas palavras — falou ele, exageradamente.

Um amor de muitos verões

Silvia sorriu pela forma teatral que ele estava falando.
— Não seja dramático!
— Então me dá um beijo e diz que me ama.
Ela o beijou.
— Diz que me ama — insistiu ele.
— Eu... gosto muito de você — ela declarou, séria.
Ele ficou sério também, olhando-a nos olhos.
— Um dia ainda vai me amar.
— Para quê? Para ter de dizer adeus?
— Um dia não precisaremos mais dizer adeus.
— Tomara! — ela suspirou, sonhadora.
— Um dia você será minha esposa e seremos uma família.
Ela sorriu, gostava de ouvi-lo dizer aquelas coisas.
— Vai esquecer essa história toda? Vai me desculpar? — ele fez uma cara de cão abandonado.
— Tudo bem.
— Vem cá — disse ele, abraçando-a carinhosamente.
Ela o abraçou também.
— Eu preciso ir. Preciso levar o almoço para a minha mãe antes que esfrie.
— Espero que ela melhore logo.
— Tchau.
— Vamos nos ver mais tarde? — indagou o menino.
— Não sei, não quero deixá-la sozinha.
— Posso passar na sua casa depois?
— Pode.
— Então tá, me espera.

Guilherme voltou para casa ainda um pouco tenso por causa de toda aquela situação, mas aliviado por ter conseguido resolver o problema. Não queria magoar Silvia de forma alguma. Deu um tapa em sua própria testa, repreendendo-se por ter sido tão estúpido a ponto de tocar e se deixar ser tocado por outra garota.

Silvia estava ali em Arraial, estava ali com ele, estava ali para ele, e ele a amava. A amava muito. Sabia que o adeus seria algo muito doloroso, mas ficar com ela, mesmo que fosse por apenas alguns dias durante o verão, já era algo que o deixava feliz, que o inspirava a fazer planos e a sonhar.

Quando Silvia foi embora novamente o coração de Guilherme ficou em frangalhos. Por uma semana ele ficou se alimentando muito mal e, fora a dedicação no trabalho, não tinha ânimo para nada. Passava boa parte da noite sentado à beira-mar, ouvindo música, segurando a foto deles tirada no Pontal. A música "Que Mar é Esse?", da banda Terral, parecia ter sido escrita para ele e Silvia. Algumas lágrimas lhe escapuliam enquanto ele escutava aqueles versos que definiam exatamente o que estava sentindo. Ele se isolou por um tempo, tentando recuperar as forças.

O RESTAURANTE

O almoço em Cabo Frio havia sido agradável. Estar perto dela mais uma vez, ouvi-la contar sobre o que vivera naqueles doze anos, olhar para ela... Parecia um sonho do qual ele não queria acordar. Contudo, o desabafo de Silvia sobre o casamento provocou nele grande revolta. Mesmo não conhecendo o ex-marido dela, tinha raiva daquele homem e, se pudesse, daria-lhe uma lição. *Como aquele canalha podia ter sido tão imbecil a ponto de perdê-la? Como teve coragem de magoá-la daquela forma?*

Ao imaginar Silvia chorando por aquele cafajeste, Guilherme ficou furioso. Seu instinto protetor desejava socar a cara daquele sujeito. Mas o que ele socou foi a porta do quarto. Bufou e travou os dentes, apertando os olhos em desespero. Não havia nada que ele pudesse fazer. Respirou fundo, tentando se acalmar. Precisava assumir o controle de suas emoções. Não era mais um garoto. Mais tarde se encontraria com Silvia de novo, precisava estar bem. Queria estar bem. Ela precisava dele.

Seria uma noite especial. Silvia iria conhecer o restaurante e Guilherme estava ansioso. Ele chegou ao estabelecimento mais elegante do que o habitual. Seus funcionários já haviam assumido os seus postos. Duas mesas já estavam ocupadas por clientes. Depois de ir até a cozinha certificar-se de que tudo estava em ordem, Guilherme chamou o seu gerente:

— Sim, patrão.

— Hoje terei uma convidada para jantar, uma amiga que não

via há muitos anos. Ela é importante para mim e preciso que essa noite seja perfeita.

— Claro, chefe, pode deixar, vai sair tudo direitinho.

— Ela foi uma das poucas pessoas que acreditaram nos meus planos de ter este negócio e me incentivou. Quero muito que ela fique orgulhosa do meu trabalho. Está entendendo? — Guilherme falava com autoridade e educação.

— Sim, senhor, entendo perfeitamente.

— Ótimo. Quando ela chegar, vou me sentar com ela para jantarmos juntos. Só nos interrompa se for realmente necessária a minha presença para resolver o problema.

— Não vai ter problema nenhum, chefe, o senhor pode ter o seu encontro sossegado. Vai ser um jantar perfeito e romântico, o senhor vai ficar feliz.

— Não é um encontro... Ela é só uma amiga.

— Mas o senhor gosta dela... — o rapaz piscou um dos olhos.

— Gosto, gosto muito. — Guilherme passou a mão nos cabelos, ansioso.

— Vou caprichar, senhor, vai ser esplêndido!

Quando Silvia chegou, sua mesa já estava preparada, decorada com flores e uma pequena vela ornamental.

— Oi, Silvia — recebeu-a Guilherme, sorridente.

— Oi, Guilherme.

Ela estava muito bela. Guilherme lembrava-se perfeitamente dos vestidos, tranças e sandálias que ela usava quando saíam juntos pela cidade. Naquela noite ela não se vestia assim. Definitivamente não era mais uma menina. Usava um vestido preto com detalhes brancos, elegante, comprido até os joelhos e com mangas curtas. Calçava saltos altos, seu colar era uma semijoia muito bem feita, havia feito as unhas. Seus cabelos estavam soltos, escovados em cachos largos que caíam-lhe sobre os ombros e sua maquiagem estava muito mais elaborada do que o brilho nos lábios que ela costumava usar. Nada desproporcional ao momento. O traje que Silvia havia escolhido estava apropriado para um restaurante fino como aquele, mesmo que se localizasse em uma praia. Afinal de contas, ela iria encontrar um grande e especial amigo e contemplar o trabalho e o patrimônio que ele havia construído. Por isso se vestiu com esmero, para valorizar o momento, para que Guilherme se sentisse importante.

— Uau, como você está bonita! — exclamou ele, atordoado.
— Venha, vou mostrar sua mesa — disse em seguida, oferecendo-lhe o braço.

Silvia entrelaçou o seu braço ao dele e disse:
— Que lugar mais lindo, Guilherme! Me mostre o espaço todo. Posso ver lá dentro?
— Quer ver a cozinha?
— Quero ver tudo.

Guilherme ficou entusiasmado pelo interesse dela e a conduziu em um *tour* pelo estabelecimento. Mostrou a ela a cozinha e apresentou-lhe os funcionários. Contou um pouco sobre como tudo funcionava ali. Mostrou onde ficavam os *freezers* e a despensa.

— Que maravilha! Quanta coisa gostosa! — ela estava deslumbrada.
— Isso é só a matéria-prima, gostoso mesmo é o que fazemos com ela.

Depois de mostrar seu escritório, voltaram para o salão e Guilherme mostrou a ela a adega. Silvia não entendia nada sobre vinhos.

— Eu também não sou um *expert*, estou aprendendo — revelou ele. — Mas tenho um amigo que é enólogo e me dá as orientações do que comprar, como combinar com os pratos e a maneira certa de servir. Venha, vamos nos sentar.

Guilherme puxou a cadeira para ela, que se sentou. Ele acendeu a vela e sentou-se de frente para Silvia.

— E aí, o que achou?

— É maravilhoso. Quando me falou que tinha aberto um restaurante, imaginei que fosse algo bacana, mas isso aqui é fantástico! É lindo. Você conseguiu seu sonho, caramba! Estou impressionada, de verdade. Mal posso esperar para provar os pratos.

— Você vai gostar — afirmou ele, com os olhos brilhando de alegria.

O garçom cumprimentou-os e entregou o *menu*.

— Este cardápio parece ótimo — elogiou ela, folheando-o. — O que sugere?

— Quer que eu te ajude a escolher? — indagou Guilherme.

— Claro, você é o dono e tem muito bom gosto.

— Isso é verdade... Por isso fui apaixonado por você – ele lançou-lhe um olhar sedutor.

Ela sorriu, tímida. Algo a incomodou ao ouvir aquela frase no pretérito. Ele fora apaixonado por ela e isso era algo bom, mas que tinha ficado no passado.

— Acho que um peixe seria uma boa opção. Para combinar com a viagem — afirmou ele.

— Vou pedir o que você escolher.

— Já sei então, você vai gostar.

O garçom lhes serviu vinho branco e trouxe de entrada vieiras na panela, grelhadas com bacon tostado e sálvia. Guilherme e Silvia conversavam, riam, falavam do passado e do presente, evitando mencionar o problema sério pelo qual ela estava passando. Mas seria inevitável. Mais cedo ou mais tarde o assunto apareceria. Depois veio o prato principal: Filé de Linguado à *Belle Meuniére* com camarões cozidos. Estava uma delícia!

— Você poderia se mudar para cá. Pode abrir uma firma de contabilidade. Eu serei seu primeiro cliente.

— Não é uma má ideia.

— Pense nisso.

— Por enquanto, eu tenho muitas coisas que me prendem a Belo Horizonte.

— O quê? — ele questionou.

Ela pensou, não tinha uma resposta exata. Sua mãe morava em outra cidade e a maior parte dos seus amigos também.

— Pra falar a verdade, acho que nada — confessou ela, com um suspiro.

— Outro dia fui ao Pontal levar uns amigos de Goiânia e fiquei observando a nossa casa. Ela continua impecável.

— Nossa casa? — Ela franziu o cenho, tentando lembrar. — Claro, aquela bonita! É mesmo, não me lembrava dela. Quero vê-la de novo. Sou fascinada por casas bonitas. Aquela realmente é, mas onde está localizada é que é o principal.

— Te levarei lá um dia desses.

— Você ainda mora com o seu pai?

— Não, saí de casa dois anos depois do nosso último verão. Morei com um amigo, mas agora moro sozinho em uma avenida aqui perto.

— Em uma casa?

— Sim. É pequena, mas tem quintal.

— Para o Júpiter... — Silvia completou a frase.

— Pois é, cães precisam de espaço — concordou Guilherme.

O garçom veio até a mesa e recolheu os talheres e pratos usados, limpando a mesa. Serviu-lhes uma água sem gás a pedido de Guilherme. Silvia continuou a falar:

— Eu morava em um apartamento, mas sempre quis uma casa. Agora que fui embora, não sei ainda onde vou morar. Tentarei alugar uma casa. O problema é que morando sozinha... talvez seja mais seguro viver em um apartamento. Não sei, eu preciso pensar — ela estava em dúvida sobre muitas coisas.

— Também sempre preferi casas, pensava em ter filhos e queria um local em que pudessem brincar.

Um amor de muitos verões 151

Silvia baixou os olhos. Guilherme percebeu a gafe que cometera.

— Poxa, Silvia, me desculpe, eu não queria... — ele se entristeceu.

— Não se preocupe, Guilherme, estamos conversando, você não precisa medir as palavras.

— Só não quero te ver triste.

— Eu vou ficar triste por um longo tempo ainda... Mas neste momento estou feliz por estar aqui com você — ela lançou-lhe um olhar carinhoso.

— Talvez você devesse buscar ajuda de um psicólogo quando voltar para Minas.

— Psicólogo? — Silvia piscou várias vezes, assimilando a ideia.

— É... Para não cair em uma depressão por causa de todo esse problema — explicou Guilherme.

— Não vou deixar aquele mentiroso acabar comigo, Guilherme — ela se referia a Miguel — ele não tem esse poder. Não sei como, mas eu vou sair desse buraco negro.

— Eu sei que vai. Está desapontada e com o coração partido, mas com o tempo vai melhorar.

Ela bebeu alguns goles de água e enxugou os lábios com o guardanapo.

— Eu era uma boba, acreditava nas pessoas, achava que todo mundo falava a verdade. Muita gente me fez de palhaça. Familiares, clientes, colegas de trabalho, amigos e até meu marido. Emprestei dinheiro, fiz serviços fiado, confiei segredos... As pessoas me usavam por causa da minha falta de esperteza. Não vou deixar mais ninguém fazer isso comigo — aquela agressividade era uma característica nova em Silvia que Guilherme desconhecia.

Ele tentou ajudá-la a clarear os pensamentos.

— Você não é uma boba. Nunca foi. Sempre foi autêntica e decidida. Sua personalidade forte e seu caráter são as coisas que me fizeram gostar de você. Claro que o que eu vi primeiro foi sua beleza, mas à medida que nos conhecemos, passei a amar não só seu exterior, mas você por inteiro. Não precisa mudar. Não precisa se fechar. Sempre vamos encontrar no nosso caminho pessoas que nos amam de verdade e também pessoas que só querem nos usar. Infelizmente, a vida é assim. E eu que o diga. Depois que abri o restaurante, apareceram muitos interesseiros pensando que eu estava rico. Mas vamos aprendendo a identificar estes oportunistas e a nos desviar deles.

— Isso é uma das piores coisas nesse processo de nos tornarmos adultos — lamentou a moça.

— Como assim?

— Quando eu era jovem tinha muitos amigos e todos me consideravam importante. Mas agora posso contar nos dedos os amigos que tenho e, mesmo assim, nos falamos três ou quatro vezes ao ano.

— O cotidiano nos consome quando nos tornamos adultos.

— Eu me sentia muito sozinha, principalmente depois que minha mãe se mudou para o interior. Agora sem o Miguel, não sei como vai ser...

Ela estava com os olhos cheios de lágrimas.

— Silvia... — Guilherme pegou na mão dela. — Você não precisa ficar sozinha, sabe disso — ele olhava diretamente nos olhos dela.

O coração dela disparou. Sabia que ele estava flertando. Afastou sua mão da dele e baixou os olhos.

— Não faça isso — ela pediu.

— Fazer o quê?

— Você sabe.

Ele recostou-se na cadeira, retraindo-se.

— Eu não gosto de indiretas — disse ela.

— Quer que eu seja mais objetivo? — ele perguntou.

— Quero que sejamos amigos, Guilherme, é a única coisa que nos restou.

Ele sentiu uma pontada no coração com aquela declaração e esfregou o rosto, contrariado.

— Não é o momento ainda de falarmos de nós no futuro, Silvia. Amigos nós já somos, sempre fomos e isso nunca vai mudar. Tudo bem?

— Me desculpe, não quis ser rude. Só queria que entendesse...

— Eu entendo — disse ele, interrompendo-a.

— Não vim para Arraial para partir o seu coração, Guilherme, eu vim para curar o meu. Nosso reencontro foi um acaso.

Ele apoiou os cotovelos na mesa e cruzou as mãos.

— Eu duvido.

— Duvida? — ela levantou as sobrancelhas.

— Com certeza você iria procurar por mim.

Ela sorriu, concordando:

— Tem razão.

— Você não iria embora daqui sem ao menos me dizer um *oi*, não seria justo.

Ela apoiou o rosto na mão esquerda, admirando o rosto tão bonito daquele homem.

— Mas também não esperava revê-lo tão cedo.

— Eu sempre pedi a Deus que me permitisse ver você mais uma vez e saber como estava. Espero por isso há doze anos — ele falou.

Os olhos dela brilharam.

— Acha que Deus te colocou no meu caminho para me ajudar? — Silvia indagou.

— Você acabou de dizer que não confia mais nas pessoas, mas eu não sou qualquer um, em mim você sabe que pode confiar. Tanto que se abriu comigo e estamos juntos aqui e agora. Você não está enterrada nas cobertas, se debulhando em lágrimas, está aqui jantando num dos melhores restaurantes de Arraial com seu amigo gato, falando sobre Deus — ele disse, com um sorriso carinhoso nos lábios.

Silvia riu também. Uma lágrima molhou a sua face. Guilherme passou levemente seus dedos no rosto dela, enxugando-o.

— Você foi o melhor amigo que eu já tive — ela disse.

— Eu amo você, Silvia, independente de termos ficado juntos ou não. Você foi uma parte importante da minha vida. Estou feliz por poder te ver de novo.

— Eu também estou.

— Acho que você precisa de uma sobremesa para adoçar a noite — ele sugeriu.

Guilherme solicitou ao garçom a melhor sobremesa da casa daquela temporada: *semifreddo* de chocolate com frutas da estação. E estava perfeitamente deliciosa.

Depois de comerem, Guilherme se levantou e convidou-a, estendendo a mão:

— Vamos caminhar um pouco?

— Vamos. Onde está minha conta?

— Gosto de pagar a conta.

— Isso não...

— É um encontro de amigos, mas ainda assim é um encontro.

— Não tem jeito mesmo com você, nunca me deixa pagar. — Ela sorriu, balançando a cabeça.

Guilherme a acompanhou até a caminhonete e abriu a porta para ela entrar. Silvia o olhou desconfiada. *Para onde ele a levaria?*

— Vem, quero te levar a um lugar — disse ele.

Seguiram em silêncio pelas ruas da cidade. O coração de Silvia batia depressa. *O que será que ele estava planejando?*

Guilherme estacionou próximo à Praia Grande. Desceram do carro e caminharam em direção ao mar. Tiraram os sapatos e andaram na areia por alguns minutos, sentando-se depois na beirada de um barco vazio. Silvia estava encantada.

— Lembra-se deste lugar? — ele perguntou.
— Claro que eu me lembro — ela afirmou, sorrindo.
— Foi aqui...
— Que nos beijamos pela primeira vez — completou Silvia.
— É... Foi aqui mesmo — disse ele, com o olhar perdido no horizonte escuro.
— Como o tempo passa depressa! Eu tinha quinze anos.
— Para mim pareceu demorar muito — suspirou ele.
— Verdade?
— Sim. Cada ano que eu esperava por você parecia uma eternidade.

Silvia ficou em silêncio, perdida entre as lembranças daquele verão em que conheceu Guilherme. Como se encontraram na praia, o dia em que saíram juntos pela primeira vez, o primeiro beijo. O coração de Silvia acelerou da mesma maneira em que tinha disparado na noite em que beijara Guilherme naquela praia. Fora seu primeiro beijo. Ele era um garoto bonito e a tratava com carinho, fazia com que se sentisse especial. Assim como estava fazendo agora. Silvia sorriu, se lembrando que depois daquele beijo, apaixonara-se por Guilherme com intensidade, assim como fazem os jovens. Como era bom aquele tempo em que os seus problemas se resumiam a tirar boas notas, à separação dos pais e ao seu coração apaixonado.

— Em que planeta você está? — perguntou Guilherme, percebendo a ausência dela.
— Estou me lembrando... — disse ela, olhando em direção ao mar. — É difícil entender como o tempo e a distância conseguiram nos separar. A gente tinha tantos planos...

O barulho das ondas era suave e reconfortante.
— Quer saber em que me meti? — questionou Guilherme.

Ela ficou tensa ao ouvir aquela pergunta. *Tinha mais segredos que ela ainda não sabia?*

— Em que você se meteu? — Silvia olhou nos olhos de Guilherme. Não aceitaria meias verdades.

— Quer saber tudo, desde o início?

— Quero.

Guilherme ficou um instante em silêncio, com o olhar perdido, como se buscasse em sua mente as lembranças e a coragem para confessar seus pecados.

— No último verão em que ficamos juntos, há doze anos, eu já estava começando com as drogas, se lembra?

— Lembro — confirmou ela, entristecendo-se com aquela lembrança.

— Me arrependo muito. Eu te magoei muitas vezes naquela época e agi como um idiota. Quando você foi embora, eu sabia que tinha te perdido e que a culpa era toda minha.

— Não foi só isso.

— Foi o principal.

— Nós conversamos sobre isso hoje no almoço, o tempo foi o grande responsável por termos nos afastado.

— Talvez... Mas se eu não tivesse te decepcionado, nem perdido sua confiança, acredito que daríamos um jeito de continuar nos vendo.

— Não dá para especular, Guilherme... O "se" é algo muito vago.

Ele tomou fôlego antes de continuar:

— Depois que você foi embora, eu comecei a me envolver ainda mais com aquela galera. Tinha acesso fácil à droga e logo isso se tornou um hábito.

— Quer dizer que se atolou nessas porcarias...

— Foi uma época sinistra. Eu não ia trabalhar chapado, mas passava a noite bebendo e me drogando com a galera. Acordava na maior ressaca, com aquela cara de zumbi. Gastava quase todo o meu dinheiro com essas porcarias e me envolvi com garotas que

Um amor de muitos verões

não tinham nada a ver comigo. Meu pai descobriu e ficou muito decepcionado. Eu e ele começamos a ter fortes brigas e decidi sair de casa. Fui morar com um colega. Desejava ser livre e não queria que meu pai ficasse ciente de tudo o que eu fazia. Mas a liberdade era ilusória, porque eu estava cada vez mais preso a essa vida de loucuras. Me afastei do meu pai, faltava frequentemente ao trabalho no quiosque, porque passava mal quase toda semana em razão dos meus exageros. Larguei a academia, a capoeira, meus amigos mais leais. Meus pensamentos eram todos voltados para decidir como me divertiria em cada dia. Achava que isso era curtir a vida.

— Quanto tempo isso durou? — Silvia perguntou.

— Mais ou menos três anos — ele respondeu.

— E como decidiu parar?

— Foi quando tivemos a primeira morte da turma por overdose. Aquilo me deixou abalado. Era um jovem inteligente, alegre, o conhecia desde pequeno. A família dele ficou devastada. E, por incrível que pareça, no dia seguinte ao enterro dele, a galera já estava em uma festa fazendo as mesmas coisas. Não consegui compreender como podiam sorrir e se alegrar num momento tão triste de luto. Me senti culpado pelas inúmeras vezes que usei droga com meu amigo. E agora ele estava morto. Eu deveria tê-lo ajudado a sair dessa se eu fosse um amigo de verdade.

— Eu lamento — Silvia tentou imaginar o que ele havia sentido. — Você deve ter ficado arrasado.

— Fiquei alguns dias recluso, cheio de tristeza e remorso. Até que meu primo me convenceu a ir à igreja com ele, em um culto para jovens. Eu fui, mas cheio de preconceitos, minha cabeça estava virada. Quando cheguei lá, fiquei impressionado com o carinho, fui muito bem recebido. Tinha muitos garotos e garotas da minha idade e a música era bacana. Um deles falou sobre a importância de honrarmos nossos pais. Comecei a chorar do nada, pensando em meu pai e no quanto eu estava pisando na bola com ele. Não era justo o que eu estava fazendo, depois de tudo o que ele fez para me criar e de tudo o que construímos juntos. Eu e ele tínhamos sido parceiros a vida toda e eu o estava abandonando por causa das drogas e dos amigos de gandaia. Me ajoelhei e pedi perdão para Deus, pedi que Ele me livrasse daqueles vícios e que me ajudasse a consertar a relação com o meu pai.

Silvia ouvia com atenção, sem desgrudar os olhos dele. Guilherme continuou:

— Criei coragem para tomar uma atitude. Cheguei ao quiosque, em uma manhã de domingo depois da igreja. Vesti meu avental e voltei a servir as mesas, depois de duas semanas sem aparecer no trabalho e nem na casa dele. Meu pai chegou perto de mim e me olhou nos olhos para ter a certeza de que eu estava sóbrio. Não falou nada. Quando o último cliente foi embora, ele fechou o quiosque e se aproximou de mim. Me perguntou por onde eu andava. Eu contei tudo. E depois de uma conversa franca, Deus me deu coragem para pedir perdão a ele. Nos abraçamos, meu pai chorou, disse que me amava. Voltamos para casa juntos. Depois disso, nunca mais usei drogas. Fiquei alguns meses na casa dele até me mudar para onde moro hoje. Queria ter o meu canto. Meu pai acabou concordando, mesmo tendo receio de me perder de vista. Mas com o tempo, ele percebeu que eu havia voltado ao normal.

— Nunca mais? — Silvia estava admirada.

— Não — ele confirmou.

— Foi difícil?

— No início eu ia de casa para o trabalho, não saía para lugar nenhum, a não ser para ir à igreja. Meus novos amigos me convidavam para passear e eu sempre dizia não. Um dia resolvi ir, era aniversário de um colega. A festa foi ótima e não tinha nenhuma droga, bebida ou cigarro. E mesmo assim todo mundo estava alegre. Eu entendi que era possível me divertir sem ficar chapado.

Um amor de muitos verões

— Nunca mais sentiu vontade?

— Seria mentiroso se dissesse que não. Meu corpo pedia por algumas substâncias e de vez em quando eu ficava agitado. Porém, na minha cabeça, eu tinha a certeza de que não queria isso pra mim. Foi uma guerra interna. Deus me libertou.

— Puxa, é um verdadeiro testemunho — Silvia ficou admirada.

— Sim, é o meu testemunho.

— Você continua indo à igreja?

— Vou com frequência, mas agora no culto dos adultos. De vez em quando vou ao dos jovens, mas prefiro o dos adultos, pois minhas necessidades agora são outras.

Silvia ficou alguns instantes absorta em seus pensamentos.

— Acha que Deus pode me libertar também? — perguntou por fim.

— Do que você quer se libertar? — Guilherme indagou.

Ela ficou em silêncio.

— Quer voltar para o seu marido? — perguntou ele.

Silvia pensou... Guilherme ficou tenso, ansioso pela resposta.

— Eu ainda o amo, mas não dá mais. Acabou. Ele fez a escolha dele, não há como reparar o dano causado.

— Então o que você quer? — ele a questionava de propósito. Queria fazê-la refletir.

— Eu quero parar de sentir raiva dele e da amante, de sentir inveja dela por causa da gravidez. Quero conseguir perdoá-los e tirar essa pedra do meu coração. Preciso seguir em frente sem olhar para trás. É isso o que eu quero.

— Não tenho dúvidas de que Deus pode te ajudar.

Silvia começou a remoer as memórias a respeito de Miguel. Sentia vontade de chorar e não queria fazer isso na frente de Guilherme. A noite tinha sido fantástica. Ela não queria estragar tudo com suas lágrimas tolas. Teve a sensação de que era hora de ir embora. Ela tentou ignorar aquele pensamento, pois, na verdade, não queria se afastar de Guilherme. Mas ela sabia que tinha de ir.

— Obrigada pelo jantar.

— De nada. Obrigado por ter aceitado o convite para conhecer o meu restaurante. Desde o dia em que recebi o primeiro cliente imaginei você sentada em uma daquelas mesas, feliz pela realização do meu sonho.

— Eu estou realmente muito feliz e orgulhosa.

Ela o abraçou num gesto sincero de alegria. Havia algo além da amizade naquele abraço, por isso ele se prolongou mais do que o esperado.

— Vou para casa agora — disse ela, se afastando.

— Levo você — ofereceu ele.

— Não precisa, eu vou sozinha.

— Claro que vou te levar.

Saíram da areia, calçaram os sapatos e se aproximaram da caminhonete. Guilherme destravou as trancas e abriu a porta para Silvia entrar. Não demoraram a chegar. Tudo parecia muito perto em Arraial. Ele estacionou na porta da casa dela com o coração apertado e desligou o carro.

— Boa noite, Guilherme.

— Boa noite, Silvia.

Ela abriu a porta do veículo decidida a sair. Sua razão lhe dizia que o certo a se fazer naquele momento era se afastar de Guilherme, mas as emoções de Silvia estavam embaralhadas e ele a fazia sentir-se tão bem que ir embora lhe parecia algo muito difícil. Lembrou-se das outras tantas despedidas que tiveram... Sempre tão tristes. Dizer adeus a Guilherme nunca fora algo fácil de se fazer.

— A gente se vê — disse ela por fim.

— Como você preferir — ele resmungou, olhando para o outro lado da rua.

— O que foi? Ficou chateado com alguma coisa? — Silvia considerou a reação dele um pouco estranha.

— Não, claro que não, a noite foi ótima — ele voltou os olhos para ela e sorriu com sinceridade.

— Você está com aquela cara.

— Que cara? — ele deu um sorriso lateral, curioso.

— Aquela cara de quem está pensando, mas não quer falar.

Guilherme ficou sério, refletiu um pouco, passou a mão no rosto e declarou:

— Não posso falar tudo o que eu estou pensando.

Ele não precisava dizer. Nada precisava ser dito. Os olhos de Guilherme diziam tudo o que Silvia precisava saber. E ela sabia que o coração dele batia acelerado tanto quanto o dela naquele momento. Quase podia ouvi-lo. A boca seca, o frio na barriga, uma vontade maluca de chorar e explodir em abraços, beijos e juras de amor... *Seria loucura! Não eram mais adolescentes.* Uma vida inteira havia se passado depois do último verão em que estiveram juntos. Era impossível resgatar o tempo perdido. Não eram mais namorados. *E não estou em condições de amar mais ninguém*, ela pensou.

— Espero que você encontre o seu caminho, Silvia. Quero que você seja feliz. Eu gosto muito de você — Guilherme tentou desfazer o clima estranho que estava se firmando entre eles.

— Eu sei — ela desviou os olhos, sentindo um aperto no peito. Ao mesmo tempo que desejava ficar sozinha durante aquela viagem, teve medo de que Guilherme se despedisse para sempre.

— Vamos nos ver de novo?

Guilherme abriu um sorriso.

— É claro que sim. Não vou sair do seu pé — brincou ele.

Ela ficou pensativa, baixou a cabeça.

— Eu sinto muito.

— Pelo quê? — ele não entendeu a reação dela.

— Se eu te magoei alguma vez na vida. Por não ter mantido o contato e por ter me afastado.

— Você não...

— É estranho estar com você de novo. Tudo era apenas um montão de boas lembranças e agora estamos aqui, face a face — Silvia parecia confusa e ansiosa.

— Eu estou feliz.

— Eu me sinto bem em saber que alguém ainda me considera importante, além dos meus pais. Tenho me sentido muito sozinha.

— Você sempre foi importante para mim — ele mantinha as mãos no volante para assegurar-se de que não tocaria em Silvia de forma imprudente.

— Pena que agora tudo mudou.

— Tudo o quê?

— Tudo... Não somos mais crianças — ela balançou a cabeça e deu um suspiro desanimado.

— Eu não era uma criança quando te conheci. Nem tudo mudou.

— Claro que mudou — disse ela.

— É mais um verão em Arraial... E você está aqui — Guilherme falou.

Silvia respirou fundo. Era muito duro ter aquela conversa com ele. Era um homem bonito, bem-sucedido, livre e desimpedido. E ela, o que era? Uma mulher separada, deprimida, cansada e acabada, pelo menos era assim que se sentia. E Guilherme... *Como ele era lindo!*

— Você é um bom amigo. Obrigada por tentar levantar o meu astral.

Guilherme queria dizer algo, mas hesitou:

— Silvia...

— O quê?

— Nada — ele parecia nervoso. Os ossos da mandíbula estavam tensionados e ele esmagava o volante em suas mãos.

— Fala — insistiu ela.

Ele ficou em silêncio, olhando para a rua.

— Você ainda sente algum amor por mim? — ela perguntou.

— Era isso o que ia perguntar?

Guilherme a encarou de olhos arregalados. Sua respiração ficou ofegante. Durante o dia anterior e durante o jantar ele lançou alguns flertes para Silvia, entretanto, não pensou que ela realmente aceitaria intenções mais profundas. Ainda mais depois de tudo o que havia lhe contado. Por mais que Guilherme a fizesse sentir-se melhor, ela ainda amava o marido e aquele amor, agora destruído, perdido e impossível, estava a matando por dentro. Silvia precisava de um tempo para se curar.

Guilherme acreditava que, se fosse para ficar com Silvia algum dia, a decisão do divórcio deveria ser tomada entre ela e o marido. Guilherme não queria ser pivô de nada nem impedir uma possível reconciliação. Mas Silvia havia dito com todas as letras que não havia mais volta, que o casamento estava acabado...

— Silvia...

Antes que ele pudesse dizer algo mais, ela o beijou, surpreendendo-o. Um beijo gostoso. Ele correspondeu de imediato, esperava por aquele beijo há muito tempo. Silvia recordou-se de como aquele garoto beijava bem e agora, homem feito, parecia mais seguro de si e o beijo tinha um gosto ainda melhor.

— O que está fazendo? — sussurrou ele.

— Tentando curar um amor com outro — disse ela, baixinho.

Ele a envolveu pela cintura, passando a mão em seus longos cabelos. Como sentia saudade daqueles cachos. Silvia o abraçou, deslizando suas mãos pelos cabelos e nuca de Guilherme. Ele a puxou para mais perto e Silvia percorreu suas mãos pelos ombros largos daquele homem, podia sentir o seu perfume. Beijaram-se com suavidade.

No momento em que a paixão começou a arder com mais intensidade em seus corações, Silvia percebeu que havia sido impulsiva. Sentiu-se estranha e afastou-se devagar. Estava com o coração disparado e a respiração ofegante.

— Me perdoe — ela endireitou o corpo. — Não devia ter te beijado. Foi um desrespeito — ela ficou envergonhada pelo seu comportamento. Sentiu-se uma louca, atirando-se nos braços de um homem. — Obrigada pelo jantar — agradeceu ela, mais uma vez, e colocou um dos pés na calçada.

— Silvia... — ele passou as mãos nos cabelos, tenso. — Eu jamais diria "não" para você. Você sabe disso. Só não quero que faça nada que venha a se arrepender depois.

Ela apertou os lábios. Sentia-se constrangida.

— Por favor, não fique triste — ele tocou o queixo dela. — Você veio para Arraial esfriar a cabeça... Faça isso. Resolva sua vida. Tome suas decisões. Quando tiver a certeza do que quer... e se o que você quiser tiver a ver comigo... eu estarei aqui. Eu nunca fui embora. Não deixe que seu coração fique ferido por muito tempo.

— Estou tentando me curar, mas eu não encontro o remédio.

— O perdão é o início. Não se esqueça que Deus pode te ajudar.

— Não é porque funcionou com você que vai funcionar comigo. Eu não tenho a fé que você tem.

— Eu também não tinha, a fé vai aumentando.

Ela endireitou o corpo no banco e encostou a porta do carro que estava semiaberta.

— Muitas vezes não me sinto amada, me sinto sozinha e vazia, me sinto angustiada e triste e... olhando à minha volta, tudo o que tenho, tudo o que fiz, tudo o que sou, o meu passado e o meu presente... me pergunto qual é o sentido disso tudo. Não encontro sentido em nada. Será que Deus não se importa em nos ver sofrer?

Um amor de muitos verões

Silvia apertou as têmporas com a ponta dos dedos. Sentia-se esgotada.

— Silvia, olhe para mim — Guilherme se aproximou e segurou as mãos dela. — Não tenho respostas para todas as suas perguntas. Você precisa se acalmar e refletir. Não foi Deus quem traiu você e te magoou, foi o seu ex-marido. Se as pessoas e o mundo te feriram, se está se sentindo sozinha e triste, busque forças no Senhor. Acredite que não importa o deserto que atravessamos, Ele sempre estará conosco.

Silvia começou a chorar baixinho, humilde.

— E o que devo fazer enquanto esse deserto não acaba? — a voz dela soava enfraquecida.

— Não perca a esperança — disse ele.

As lágrimas comoviam o coração de Guilherme. Ele segurou a mão de Silvia e beijou seus dedos carinhosamente.

— Não chore, por favor.

— Eu já parei — ela enxugou o rosto.

— Eu quero te fazer companhia enquanto estiver aqui em Arraial, te ajudar a se distrair, se divertir e, se desejar, posso te ajudar a orar, te levar até minha igreja... Mas, se você preferir, eu posso te deixar em paz. Não quero ser intrometido e inconveniente.

Silvia o olhou, perplexa. Qual seria a melhor resposta?

— Promete que vai esquecer que eu beijei você? — pediu ela, ruborizada.

— Não — ele estava sério.

— Não? — ela escancarou os olhos.

— Não posso te prometer uma coisa dessas.

— Então, eu acho que é melhor não nos vermos mais — ela desviou o rosto. — Não sei onde enfiar minha cara depois dessa cena que eu fiz.

— Eu prometo não comentar sobre o assunto, mas esquecer é impossível. Se lembro do nosso primeiro beijo, como posso esquecer o último?

Silvia apertou os lábios com o coração disparado mais uma vez.

— Eu prometo que não vou mais beijar você — disse ela.

— Oh céus, não prometa uma coisa dessas. Assim eu morro — ele suspirou e encostou a testa no volante como se estivesse sentindo uma dor profunda.

Ela o olhou, confusa.

— Sem promessas, Silvia. Vamos apenas ser amigos. Pelo amor de Deus — ele ergueu a cabeça e esfregou as mãos no rosto, impaciente.

Ela concordou.

— É justo. Sem promessas. Agora dá um sorriso, caramba! A cara que você fez deu até medo — brincou ela.

Ele soltou uma risada fraca.

— Sem promessas, bons amigos, mais um verão em Arraial... — ele tocou a ponta dos dedos como se conferisse uma lista. — Isso quer dizer que podemos caminhar na praia juntos amanhã cedo?

— Caminhar? — indagou ela, interessada na proposta.

— Você mesma disse que está fora de forma, precisamos mudar isso.

Ela pendurou a bolsa no ombro, pronta para saltar do carro.

— Não consigo correr como você, Guilherme.

— Vamos começar com um treino leve e depois aumentaremos aos poucos.

— Vai ser meu *personal trainer*?

— Isso mesmo.

— Tudo bem.

— Amanhã, às oito. Te espero lá no calçadão.

— Cedo assim? — Ela arrastou a voz de maneira preguiçosa.

— Claro, o sol desse horário é o melhor.

— Está bem.

— Até amanhã.

— Até — despediu-se ela, saindo do carro.

Guilherme a esperou entrar em casa. Seu coração estava apertado e havia um nó na garganta o sufocando. Assim que ela desapareceu, ele recostou sua cabeça ao volante e respirou fundo, soltando um grito abafado. Precisou de muita força para simplesmente não agarrá-la e enchê-la de beijos e abraços. Com as mãos no rosto, respirou fundo algumas vezes, tentando apagar o fogo que ardia em seu coração. Seu corpo inteiro desejava aquela mulher e jamais pensou que resistiria a ela alguma vez na vida.

Sabia que, no fundo, Silvia não o queria. Ela estava carente. Ele não poderia aproveitar-se de tal situação. Amava-a tanto que preferia preservá-la, mesmo que isso significasse não ficarem juntos. Desejava ter dito as palavras certas. Esperava que Deus pudesse curar o coração ferido de Silvia e que ela pudesse ser feliz de novo.

FAMÍLIA

Nos dias que se seguiram, não conseguiram se desgrudar. Por mais que a razão de Silvia lhe dissesse que deveria se afastar daquele homem e se concentrar em resolver seus próprios problemas, ela não conseguia pensar duas vezes antes de aceitar qualquer convite de Guilherme. Exercitavam-se juntos todas as manhãs e Silvia já conseguia fazer alguns poucos minutos de corrida ao longo do trajeto na areia. Conversavam muito, riam, discutiam fervorosamente. Silvia sempre foi uma mulher de opinião forte e Guilherme admirava essa característica nela. Para convencê-la de algo, eram necessários argumentos bem fundamentados e um raciocínio lógico bem consistente.

Durante o dia, Guilherme ia trabalhar e Silvia ficava só, na praia, em casa ou passeando pela cidade. Ela estava melhor. A tristeza já não a controlava tanto. Às vezes parava para pensar em tudo, em sua vida e em Miguel, e nessas horas chorava sozinha, pois a decepção ainda a machucava muito. Contudo, nos últimos dias era mais comum se pegar pensando em outra coisa, ou melhor, em outra pessoa: Guilherme.

Estavam se encontrando todas as noites. Ou ela ia ao restaurante dele, ou eles se encontravam na orla depois que ele saía do trabalho. Silvia não se importava em ter de ficar acordada até tarde esperando por ele. Ao contrário, sentia-se ansiosa e eufórica para que aquele momento do dia chegasse depressa.

Em um domingo, Silvia recebeu de Guilherme um convite inusitado: almoçar na casa de Dora e Rogério. Embora se sentisse tímida, não pensou duas vezes antes de aceitar. Estava curiosa para rever os pais dele.

A casa era a mesma que conhecera, com o imenso portão, o gramado na entrada, os vidros coloridos nas portas e janelas. A moça foi tomada de grande nostalgia ao rever aquele lugar e se lembrar de como era jovem e cheia de planos quando se encontrou com Guilherme nos primeiros verões. Ela acreditava que tinham nascido um para o outro, que ele era o amor de sua vida e que viveriam juntos para sempre. Balançou a cabeça e apertou os lábios repreendendo-se. *Como pôde ser tão ingênua?!*

— Em que está pensando? — Guilherme indagou ao surpreendê-la falando sozinha.

— Estou me lembrando da primeira vez que me trouxe aqui. Você ainda tem aqueles pôsteres pregados na parede?

— Todos eles — disse Guilherme com um ar de triunfo. — E mais alguns na minha casa nova. Quanto mais envelheço, mais viciado em quadrinhos eu fico. Quem herdar minha coleção de revistas será uma pessoa de muita sorte.

A moça ficou impressionada. Quando achava que conhecia Guilherme completamente, ele conseguia surpreendê-la de novo.

Silvia foi recebida com grande festa por Dora. A madrasta de Guilherme era uma mulher extrovertida e engraçada. Tinha os cabelos curtos e escovados, tingidos de um tom preto com mechas acobreadas. Era alta e estava visivelmente acima do peso. Ainda assim tinha muitas curvas generosas que atraíam os olhares masculinos por onde passava, principalmente de Rogério, que era apaixonado por ela. Ela falava alto, tinha opiniões formadas acerca de quase tudo, mas era uma boa ouvinte. Suas amigas sempre a procuravam para desabafar e pedir conselhos. Apesar de parecer durona, Rogério a chamava de "manteiga derretida", pois ela chorava com facilidade.

— Que é isso, Dora? Até com propaganda você chora — dizia Rogério.

— Mas foi tão emocionante... — Dora tentava justificar, enquanto enxugava os olhos com o dorso das mãos.

Rogério era mais sério e reservado. Tinha muitos amigos na cidade, porém trabalhava de segunda a segunda e no pouco tempo livre que tinha, preferia ficar com Dora em casa. Era um homem de quase sessenta anos, muito bem conservado. Não havia dúvidas de que parte da beleza de Guilherme havia sido herdada do pai. Rogério sempre fez sucesso com as mulheres, mesmo na fase adulta. Entretanto, sempre foi fiel. Primeiro à esposa, mãe de Guilherme, e agora à Dora. A amava e só tinha olhos para ela.

Rogério também estava alegre em receber Silvia para o almoço. Ele e Dora sabiam exatamente quem era aquela moça e o que ela representava para Guilherme. Quando o ouviram contar que ela estava na cidade, enxergaram um brilho diferente nos olhos dele. O mesmo que já tinham visto no passado, quando o filho estava apaixonado. No momento em que Guilherme chegou em casa com Silvia, não tiveram dúvidas de que ele ainda a amava. Os olhos dele não conseguiam esconder.

Foi um almoço agradável. Serviram uma moqueca perfeitamente preparada por Dora e conversaram sobre a infância de Guilherme e suas estripulias. Silvia estava gostando de ouvir Rogério contar como Guilherme era arteiro.

— Ele sempre foi um menino obediente e esforçado. Nunca foi preguiçoso. Mas era arteiro. Isso era! Já quebrou o braço três vezes. Sempre estava com um curativo no joelho ou no cotovelo. Ele e os amigos brincavam o dia inteiro na rua de pipa, futebol, queimada, patins. Ele chegava em casa tão sujo que eu tinha que ajudar a esfregar o pé, senão não ficava limpo.

— Foi uma época boa — Guilherme comentou, lembrando-se dos amigos.

— Não havia quem soubesse fazer pipas melhor do que o Guilherme — Rogério contou. — Todos os meninos queriam que ele fizesse as pipas. E ele tinha uma paciência sem limites. As pipas voavam que era uma beleza.

— Você ainda sabe fazer pipas? — Silvia perguntou.

— Há muito tempo não tento. Acho que essas coisas a gente não esquece. Talvez eu esteja enferrujado, mas basta um pouco de treino e pego o jeito de novo — Guilherme respondeu.

Depois de ouvir todas aquelas histórias e ver de perto a relação de Guilherme com a família, Silvia comprovou ainda mais sua certeza de que Guilherme era um homem de muitas virtudes.

Enquanto Guilherme foi até a cozinha buscar mais um pouco de refrigerante para servir, Silvia aproveitou para tecer elogios.

— O Guilherme é um homem muito bom, senhor Rogério. O senhor deve ter orgulho dele — disse ela.

Rogério abriu um largo sorriso, mostrando seus dentes obturados. Silvia era uma mulher esperta. Sabia reconhecer o valor das pessoas.

— Eu não poderia querer um filho melhor, Silvia. Deus me abençoou muito — disse o homem.

— É o que digo para o Rogério sempre — comentou Dora. — Não se fazem mais filhos como o Guilherme. Temos de levantar as mãos pros céus e agradecer todos os dias.

— Eu concordo com você, Dorinha. — Rogério sorriu para a namorada. Em seguida, voltou seus olhos para a moça. — Filhos são uma bênção, Silvia. Espero que os seus possam te dar muito orgulho também.

Guilherme entrava na sala com uma garrafa de guaraná na mão e ficou estático ao ouvir o que o pai havia dito. Silvia tentou disfarçar um sorriso e desviou o olhar para um quadro pendurado na parede. Houve um momento constrangedor de silêncio. Guilherme caminhou devagar e sentou junto a eles, colocando o refrigerante na mesa. Dora e Rogério se entreolharam, sem entender o que havia acontecido.

— Eu disse alguma bobagem? — Rogério perguntou.

— Eu queria ter filhos, mas não posso. Sou estéril. Já sei disso há um tempo. Estou conformada — Silvia contou, tentando desfazer o clima tenso, mas seu semblante triste mostrava que aquele assunto ainda a emocionava.

— Oh, querida. Eu sinto muito! — disse Dora.

— Você sabe que nada é impossível para Deus — disse Rogério.

— Eu não entendo nada desses assuntos, senhor — disse a moça.

— Você não precisa entender para acreditar, Silvia. Primeiro a gente crê, depois a gente entende — Silvia continuou olhando para Rogério, esperando que ele explicasse melhor. — É como o amor. Não dá para entender como é o amor, até estar apaixonado por alguém.

Guilherme encarou Dora, mandando uma mensagem através do olhar para que ela mudasse o rumo daquela conversa. Sabia que aquele assunto sobre filhos entristeceria Silvia e não queria que o pai continuasse falando sobre isso. Dora era esperta e entendeu imediatamente.

— Quem vai querer sobremesa? — perguntou ela, se levantando. — Silvia, você me ajuda aqui na cozinha? Aposto que vai amar o pavê que eu preparei.

— Claro.

As duas foram juntas para o outro cômodo e Dora começou a falar sobre esmaltes e tinturas de cabelo.

PASSEIO DE BARCO

Silvia se preparava para mais uma caminhada matinal. Tomava um suco de uva quando ouviu alguém bater à porta. Era Guilherme, que a cumprimentou com um abraço e fez o convite:

— Quer fazer um passeio de barco? Já faz um tempo que está aqui e ainda não experimentou. Das outras vezes também não foi a esse passeio, foi?

— Não — ela riu. — Minha mãe morre de medo de barcos. Por isso nunca fomos.

— Você não pode ir embora mais uma vez sem experimentar. Vai amar, tenho certeza.

— Tudo bem então.

Foram à Marina dos Pescadores, na Praia dos Anjos. O local estava cheio de turistas. Pagaram pelo passeio e pela taxa portuária. Aguardaram cerca de meia hora para embarcar. Guilherme usava bermuda, camiseta, chinelos, boné e óculos escuros. Silvia estava de maiô, com uma saída de praia por cima, um chapéu bege e óculos escuros também. Ficaram no segundo andar do barco, onde a vista era mais ampla. O passeio durou cerca de três horas. Havia música e muita gente animada. Outros barcos também faziam o mesmo trajeto.

Passavam por ilhas, pelas prainhas do Pontal do Atalaia, Boqueirão, Gruta Azul, Praia da Ilha do Farol e Praia do Forno. Por duas vezes o barco ancorou para que os passageiros pudessem visitar as praias. Cada parada durou cerca de quarenta minutos. As águas eram transparentes e a areia bem clara, tudo limpo e preservado. Eram paisagens magníficas, de encher os olhos e o coração. Silvia jamais esqueceria aquele passeio.

Embora já tivesse feito aquele roteiro de barco inúmeras vezes, Guilherme nunca se cansava de visitar e admirar as praias de Arraial. Era impossível eleger a mais bela. Mas não tinha dúvidas de que a que mais amava era a Praia Grande. Lá estava o seu trabalho, seus amigos, suas inúmeras experiências de vida. Lá havia conhecido Silvia. A Praia Grande e seu mar infinito fizeram companhia a ele quando se sentia só, quando sentia saudades da mãe e quando queria colocar os pensamentos em ordem. E era esta praia que não permitia que Guilherme se esquecesse de Silvia nem por um dia sequer.

Quando voltaram para o porto, estavam muito cansados. Foram cada um para sua respectiva casa tomar banho e deitar um pouco. Combinaram de se ver mais tarde. Guilherme passou no restaurante antes de voltar a encontrar Silvia.

Tarde da noite, ele tocou a campainha e Silvia o recebeu com um sorriso.

— Entra.

— Hum, que cheiro bom é esse? — ele perguntou.

— Brigadeiro de panela.

— Sua comilona! Comeu tudo e não deixou nada para mim? — brincou ele.

Silvia caiu na gargalhada pela brincadeira.

— Não... Acabei de fazer, ainda está quente. Estava esperando você.

Sentaram-se no sofá para ver um filme e comeram juntos o doce.

— Acho que vou te contratar para o meu restaurante. Seu brigadeiro fará muito sucesso — disse ele dando uma colherada no doce.

— É gostoso, mas não é refinado — comentou ela, lambendo a colher.

— É aí que eu entro. Você faz o brigadeiro e eu dou a ele uma cara glamorosa.

— Combinado então.

Passaram a noite assim, vendo televisão, sentados no sofá, desfrutando da companhia um do outro. Em certo momento, a moça o encarou.

— O que foi? — indagou ele, sentindo um frio na espinha.

— Obrigada por tudo.

— Tudo o quê?

— Por tudo... Você sabe. Você é o melhor homem do mundo e... tem gastado seu tempo comigo. Tem se empenhado em me fazer sentir melhor e... acho que está conseguindo — ela deu um sorriso tímido.

— Vem cá — ele estendeu o braço na direção dela, chamando-a para mais perto. Ela atendeu ao convite.

Guilherme a abraçou forte, Silvia descansou a cabeça em seu ombro e deixou-se ficar ali um instante. Ele tentou segurar uma lágrima, mas ela acabou rolando pelo seu rosto e molhando a nuca de Silvia. Ela se afastou e o olhou desconcertada. Guilherme lhe sorriu e ela retribuiu o sorriso.

— Por que você está chorando? — perguntou ela, confusa.

— Porque estou feliz — disse ele com ternura.

— Está feliz?

— Sim. Estou feliz porque você está bem e aqui comigo.

Ela aquiesceu com um gesto.

— Eu também estou.

Silvia sentiu um aperto no peito. Queria atirar-se nos braços dele. Desejava sentir suas mãos percorrendo seu corpo, o calor de sua pele. Queria que ele a beijasse, beijasse sua boca e o corpo inteiro. Entretanto, tudo o que fez foi suspirar profundamente, pegar uma das mãos dele, beijar com ternura e, em seguida, se levantar rumo à cozinha. Precisava de um copo de água bem gelada para apagar o fogo e desembaralhar os pensamentos.

A vontade de Guilherme também era beijá-la, tocá-la, tê-la em seus braços e em sua vida para sempre. Todavia, ele precisava respeitá-la. A prioridade não era satisfazer seus sonhos e desejos em relação à Silvia, mas sim ser luz na vida dela, cuidar dela como era necessário naquele momento. E naquele momento Silvia não precisava de um namorado, precisava de um amigo. Guilherme estava disposto a ser o que ela quisesse que fosse e a fazer o que ela precisasse que fizesse. E, mesmo que Silvia realmente fosse embora de novo, Guilherme ficaria alegre se ela partisse menos infeliz do que quando havia chegado.

MIGUEL

Silvia preparava-se para sua caminhada matinal, estava gostando de se exercitar. Encontraria Guilherme na orla, mas havia se atrasado. Ele era sempre pontual e ela não queria deixá-lo esperando. Conferiu se tudo estava na bolsa de praia, trancou as janelas, pegou uma garrafa d`água e abriu a porta pronta para sair. Uma espécie de corrente elétrica percorreu todo o seu corpo ao ver diante de si um homem. Ela perdeu o fôlego, sentiu-se tonta e sentou na poltrona da sala. Fora um baita susto ver Miguel parado no alpendre, preparando-se para tocar a campainha. Ele estava de terno, sem gravata, perfumado, cabelos lisos, penteados, caindo-lhe um pouco nos olhos, mais lindo do que nunca.

— Calma, parece que viu um fantasma — disse ele percebendo o susto que ela havia levado.

— A última coisa que eu poderia imaginar é vê-lo aí parado na minha porta. Como me encontrou?

— Sua mãe me falou onde você estava.

— O que você está fazendo aqui? Veio estragar minhas férias? — perguntou ela agressiva, levantando-se.

— Não comece a me atirar pedras, Silvia, precisamos conversar.

— Você teve quatro anos para conversar comigo, quer conversar agora? Por que não me ligou ou mandou e-mails?

— Há quanto tempo não olha seu e-mail? Deve ter uns vinte e-mails meus na sua caixa de entrada. Não atende às minhas ligações, nem responde as mensagens que eu deixo na caixa postal.

Um amor de muitos verões

Há mais de duas semanas está escondida aqui nesse lugar. Por isso, obrigou-me a vir até aqui.

— Fale logo. Você quer que eu assine a droga dos papéis, onde estão? Vou assinar isso logo.

— Não é tão simples, Silvia, você tem que voltar comigo, temos de resolver isso junto ao advogado para que tudo fique bem. Eu comprei duas passagens de avião de volta para Belo Horizonte, para depois de amanhã.

Ela ficou estupefata e balançou a cabeça.

— Você é ridículo! Acha que pode chegar aqui e me ditar ordens?

— Eu não estou ditando ordens, estou te pedindo — Miguel tentava manter a calma. Já esperava por uma reação agressiva dela.

— Está muito enganado se pensa que eu vou entrar em um avião com você e me sentar ao seu lado. Não suporto nem mesmo olhar na sua cara. Pode mudar o meu voo. Marque para antes ou depois do seu. Eu não vou viajar com você — Silvia caminhava pela sala, sem encará-lo.

Miguel passou a mão pelos cabelos e no rosto.

— Você precisa dificultar? Podemos tentar trocar de lugar dentro do avião.

Ela sentiu-se extremamente contrariada e ficou em silêncio.

Enquanto isso...

Guilherme sabia que Silvia se atrasaria. Ria consigo mesmo ao lembrar-se de como, às vezes, ela demorava para se arrumar. Demorava ainda mais para organizar a bolsa de praia. Achava-se de tudo naquela bolsa, até mesmo curativos e remédios. Aproximava-se da casa dela quando viu um homem no alpendre. Parou e ficou observando para tentar descobrir quem era. Ele estava de terno, carregava uma pequena mala de rodinhas. Era um homem de excelente aparência e Guilherme ficou apreensivo. *Deve ser o marido*, deduziu, sentindo uma forte decepção. Respirou fundo e apertou os olhos, tentando se conformar com a possibilidade de perdê-la de novo. Ele sabia que mais cedo ou mais tarde aquela situação acabaria acontecendo, pois diversas vezes em que estavam juntos, Guilherme via Silvia ignorando chamadas em seu celular. Ela estava se escondendo do mundo e dos problemas e isso não poderia durar muito tempo.

Dentro da casa, o clima estava tenso.
— Não podemos conversar numa boa? — pediu Miguel.
— Minha vontade é quebrar uma dessas cadeiras na sua cabeça! — esbravejou ela, sentindo muita raiva. — O que você quer, afinal?
— Eu preciso que você me ouça. Só isso — Miguel havia tentado se preparar para aquele confronto, mas estava sendo mais difícil do que ele imaginava.
Silvia tentou se acalmar e permaneceu em silêncio.
— Posso entrar?
— Tudo bem, entre — bufou ela.

Guilherme viu o homem entrar e a porta se fechar. Ele ficou apreensivo. O que aquele cafajeste estava fazendo ali? Sabendo que a ansiedade lhe corroeria o resto do dia, não conseguiu arredar o pé e sentou-se em um bar próximo, de onde conseguia ver a porta da casa de Silvia, como um espião.

Miguel entrou na casa e sentou-se na poltrona. Não pôde deixar de reparar o quão simples era aquele lugar. Nunca pensou que Silvia se sujeitaria a um local como aquele. Era limpo, mas tinha cheiro de mofo e os móveis estavam gastos.
— Não quero ouvir seus comentários sobre a casa, Miguel

Um amor de muitos verões

— Eu não ia falar nada.

— Claro que ia. Você sempre tem algum comentário a fazer. Mas não faça! Diga apenas o que quer e por que veio.

— Você promete ouvir até o fim?

— Vou tentar — ela sentou em uma cadeira na outra ponta da sala.

Houve um silêncio antes que ele tivesse coragem de começar a falar:

— Me perdoe, Silvia. Quero te pedir perdão. Sei que te magoei e fui um cafajeste. Você tem todos os motivos para me odiar. Mas eu te peço perdão.

— Eu não entendo o porquê, Miguel. Pensei que fôssemos felizes.

— Nós éramos, Silvia. Eu sempre te amei. Me envolvi com a Alice porque fui burro, fui seduzido. Ficamos uma vez, depois outra... Eu não consegui parar. Quando você descobriu da primeira vez eu estava decidido a colocar um fim no meu caso com ela. Cheguei a terminar tudo. Eu não queria fazer você sofrer e não queria te perder. Mas não consegui ficar longe dela. Eu amava você, mas estava apaixonado por ela...

Silvia não o interrompeu, sabia que era possível amar duas pessoas ao mesmo tempo. Ela vivia tal experiência naquele momento, apesar de ser uma situação um tanto quanto diferente. Ainda amava Miguel... e também amava Guilherme.

— Não queria te perder e era impossível terminar com ela — continuou Miguel. — Eu tinha de fazer uma escolha, estava indeciso. — Ele fez uma pausa. — Hoje eu sei.

— Está claro que você sabe. Você está livre agora que eu saí do seu caminho — ela gesticulou, como se retirasse algo da frente.

— Mas você demorou muito a se decidir. Me enganou por muito tempo. Isso eu não consigo compreender. Como conseguiu dormir ao meu lado e dizer que me amava ao mesmo tempo que tinha uma amante? Sua consciência não pesava? Se tinha se decidido por ela, poderia ter me pedido o divórcio. Seria mais honesto da sua parte.

— Mas eu quero é você. Tanto antes, quanto agora. Eu sempre quis você.

Silvia ficou estática.

— Eu amo você, Silvia. Fui um cafajeste e não te mereço. Mas acredite, eu amo você — prosseguiu ele.

Ela sentiu nojo dele.

— Vamos ser felizes de novo, meu amor, me perdoa, esquece minhas burradas e me aceita de volta. Eu prometo ser o melhor marido que já existiu.

Ele ficou em silêncio. Esperava pela resposta dela, que veio muitos instantes depois. Ela demorou a se manifestar, como se primeiro tentasse entender tudo o que ele dizia, como se as palavras de Miguel não fizessem sentido algum.

— Que você era um cafajeste eu tinha certeza, mas que você era covarde, isso eu não sabia — disse ela com o semblante magoado.

Miguel surpreendeu-se com a reação dela.

— Você teria coragem de deixá-la depois de tudo? — questionou Silvia.

— Você é a minha esposa, Silvia, podemos superar isso. Eu prometo que você nunca mais vai se decepcionar comigo.

— Ela está esperando um filho seu!

— Isso não me obriga a ficar com ela.

Silvia balançou a cabeça. Seu semblante estava coberto de ira.

— O que você acha que vai acontecer? Acha que eu vou aceitar essa criança dentro da nossa casa? Que eu vou aguentar ver você saindo para buscá-la, para brincar e passear? E como seria para a criança? Um filho bastardo, fruto de uma infidelidade! Essa mulher está grávida! Como pode pensar em abandoná-la? Meu Deus, como você é egoísta!

— Eu te amo, Silvia, não posso viver sem você.

— É tarde demais para se dar conta disso. Você fez sua escolha quando decidiu pelo adultério. Acabou, Miguel, não tem mais volta. Teve uma chance, não darei outra. Eu jamais voltaria para você dessa vez, com ou sem filho.

Ele não teve argumentos. Sabia que tinha estragado tudo. Silvia tomou fôlego e partiu para outro ponto importante. Queria encerrar a conversa para que Miguel fosse embora depressa.

— Com relação ao apartamento, por que não fica com ele? Eu vou retirar todas as minhas coisas, não há necessidade de vendê--lo.

— Eu não quero vendê-lo, quero que fique com ele — disse Miguel. — Na verdade, eu quero vender o outro.

— O que seu pai te deixou?

— Sim.

— Mas ele é seu, eu não quero nada seu.

— Nos casamos com comunhão total de bens, preciso da sua autorização. Você tem direito à metade — ele informou.

— Não precisa vender para me dar metade de nada. Eu não quero o que é seu. A única coisa que compramos juntos foi nosso apartamento. O resto você já tinha.

— Quando estivermos com o advogado, ele te explica tudo e aí você se decide — disse ele.

— Não quero que se desfaça do que é seu por minha causa, eu já disse — Silvia já estava perdendo a paciência. Aquela conversa a aborrecia e a presença de Miguel a deixava angustiada.

Miguel passou a mão na nuca, constrangido.

— Não é por isso que quero vendê-lo.

— Não? — Silvia levantou as sobrancelhas.

— Vou comprar uma casa.

— Uma casa? Você e Alice?

Ele pigarreou antes de responder:

— Uma casa para ela. Não vamos morar juntos. Mas de qualquer forma, pensei em uma casa por ter mais espaço e um quintal para as crianças brincarem — Ele dizia tudo isso muito desanimado, parecia sentir-se preso a uma situação contra sua vontade.

— As crianças? — riu Silvia, sarcástica. — Já está pensando em aumentar a família?

Ele hesitou um pouco, antes de continuar, parecia apreensivo:

— São dois bebês — disse Miguel engasgado, olhando para o chão.

— O quê? — Silvia ficou zonza.

— Alice está grávida de gêmeos — disse ele.

Silvia sentiu uma pontada no peito, levou uma das mãos ao coração e a outra à boca, chocada. Seus olhos encheram-se de lágrimas. Os de Miguel também.

— Me perdoe — suplicou ele, olhando para o chão.

Ela permaneceu em silêncio, algumas lágrimas desciam pelo seu rosto. Aquela era uma notícia absurda.

— Eu não sabia como lhe dizer isso. Sei o que significa para você — disse ele.

— Você sabe? Sabe o que significa? — ela se levantou, gritando. — Acha que eu tenho inveja dela? Acha que estou sentindo inveja? — Silvia parecia uma louca. — Eu dou graças a Deus por não ter tido nenhum filho seu, nada que me ligue a você, nada que me obrigue a ter contato com você. Eu te odeio, odeio o dia em que te conheci, odeio o dia em que aceitei me casar com você. Saia daqui! Saia da minha frente. Eu não quero vê-lo nunca mais! Não quero nem mesmo ouvir sua voz.

Miguel não sabia o que fazer. Nunca tinha visto Silvia tão nervosa. Nem mesmo quando o flagrou no restaurante com a amante, quando pensou que ela daria um escândalo, ela ficou tão transtornada.

Ela parou de gritar de repente, respirou fundo e tentou se recompor, embora estivesse ofegante e descabelada. Chorava, bastante magoada. De pé, Miguel não sabia se deveria ir embora ou se era melhor ficar e tentar acalmá-la.

— Não te desejo mal, Miguel. Nem a você, nem a ela, muito menos às crianças. Quero que sejam felizes, mas, por favor, não me faça ter de ver você novamente. Deixe esta passagem aqui e trate de mudar o seu voo. Peça ao seu advogado para me procurar, meu celular ficará ligado. Negociarei com ele. Colocaremos um ponto final nessa história. Agora vá embora — disse ela abrindo a porta. — Vá, por favor.

Miguel saiu, sem acreditar que havia a perdido para sempre. Tinha esperanças de reconquistá-la, mas no fundo sabia que seria impossível. Sentia-se o pior homem do mundo, pois havia se comportado mal e magoado a pessoa que mais amou na vida. Arrependeu-se por ter sido um traidor e sentia-se fracassado por não ter ajudado Silvia a realizar o desejo de ser mãe. Apesar de o problema biológico não ser dele, existiam opções para aquela situação e ele havia sido egoísta. Agora sua amante esperava dois bebês seus, e não Silvia. Era um desfecho trágico e ele sentia uma grande culpa. Miguel entregou a passagem nas mãos dela e disse mais uma vez:

— Silvia, me perdoe.

— Deus me ajudará a fazer isso, um dia eu vou conseguir te perdoar e esquecer tudo isso. Mas com toda a certeza não quero vê-lo nunca mais. Me esquece — disse ela, batendo a porta na cara dele.

Esgotada, Silvia enfiou-se debaixo da ducha quente e desabou em lágrimas.

Sentada no chão, abraçando os joelhos, ela chorava amargamente. Sentia raiva pela infidelidade do marido e mais raiva ainda pelo fato de aquela infidelidade ter gerado um filho. Um filho que ela mesma jamais poderia ter. E agora descobrira que eram gêmeos. *Quanta sorte aquela vagabunda tivera. Dois bebês de uma só vez?!* E o pai era Miguel. Como ela havia amado aquele homem! Sim, Silvia ainda o amava. Sempre o achou lindo.

Na faculdade ficara vários meses apenas admirando-o de longe, contemplando seu jeito de falar, de andar, achava interessante a maneira como ele se relacionava com as pessoas, todos gostavam dele. Muitas garotas flertavam com Miguel, todavia, Silvia descobriu que de todas as mulheres que circulavam pelo curso, Miguel estava era a fim dela. *Como? Eles mal haviam conversado.* Silvia pensava que ele nem sabia que ela existia. Mas ele sabia e queria convidá-la para sair. Muito tímida, ela chegou a recusar o convite, no entanto, ele não desistiu.

Depois do primeiro encontro, ele mandou flores. Começaram a se falar ao telefone, estudar juntos e sair com mais frequência. Ele era romântico. Logo estavam namorando firme. Miguel havia se apaixonado perdidamente por ela. Fora uma bela cerimônia de casamento na igreja, com uma festa para poucos convidados. Tinham a mesma profissão, porém trabalhavam em firmas diferentes. Viviam felizes e eram muito próximos. Até o momento em que Miguel começou a se afastar. E ao relembrar o restante da história, Silvia chorou ainda mais debaixo do chuveiro.

Como aquele homem apaixonado poderia ter se envolvido com outra mulher? Silvia não conseguia entender. Pensava que eram felizes, que era uma boa esposa, que era o bastante para ele. Sonhava em ter filhos, netos, e, mesmo depois que descobriu ser estéril, acreditava que viveriam felizes e envelheceriam juntos, um cuidando do outro, um amando o outro, como em uma bela história de amor. *Era tudo absurdo. Tudo inacreditável.* Pensou em Guilherme. *Será que se o romance deles tivesse durado mais verões, ainda estariam juntos, casados e felizes?* Quando era jovem, tinha tanto medo de ser traída e magoada como acontecera com sua mãe. E fora exatamente o que havia acontecido, como se não fosse possível escapar do destino.

Que Deus era aquele que Guilherme acreditava? Esse Deus não conseguia ver o que ela estava passando? Não se importava em vê-la ser humilhada daquela forma? Seu coração estava em pedaços, suas forças haviam se esgotado, Guilherme estava no passado e agora Miguel também.

Estava revoltada. Não queria outro homem. Não se permitiria amar novamente. Viveria sua vida, trabalharia, gastaria o seu dinheiro em viagens, conhecendo o mundo, sem se prender a nada e a ninguém. Não ficaria se lamentando. Tinha saúde, tinha um trabalho, tinha a sua mãe, provavelmente isso bastaria para que prosseguisse. *Aquela história de Deus era uma bobagem.* Em seus pensamentos, concluía que não havia nada de sublime ou sobrenatural, era apenas a realidade concreta, nua e crua, o egoísmo, a corrupção e as desilusões. A errada era ela de criar expectativas. Já havia passado da hora de parar de acreditar em finais felizes. *Deus não era a verdade.* A única verdade era que ela estava sozinha, divorciada e triste, muito triste.

Antes de se deitar, tomou um remédio para relaxar. Estava agitada. Um pensamento então a incomodou: *Você está errada!* Lembrou-se do testemunho de Guilherme. Deus o havia ajudado. Deus o havia libertado do vício. Através da fé e do compromisso com aquele Deus, Guilherme abandonou o desvio e retomou o caminho certo. Era agora um homem de boa saúde, bom caráter, bons modos. Deus não havia dado a Guilherme uma vida perfeita, mas havia sido perfeito na vida de Guilherme.

Quem disse que Deus prometeu que sempre seríamos felizes?, pensou ela. *E quem disse que Deus é obrigado a fazer aquilo que eu quero, da maneira como quero?* Silvia refletia. Se Deus era bom e justo, muito provavelmente a visão de bom e justo estava distorcida. A ideia de Deus que Silvia alimentava estava turva. Era preciso conhecê-Lo melhor. Crer para entender. Era isso que o pai de Guilherme havia dito naquele dia do almoço. Precisava de fé. Estava desesperada. Havia algo em seu coração que gritava pedindo ajuda. Ela suspirou e conseguiu fazer apenas uma oração curta. Curta, porém sincera:

— Senhor... Pai... Me ajude, porque sozinha eu não dou conta.

FICAR OU IR EMBORA

Guilherme observava a casa dela de longe. Viu Miguel chorando quando ele desceu os degraus do alpendre, enxugando o rosto rapidamente. O homem seguiu alguns metros e tomou um táxi, que parecia estar ali esperando-o.

Não era o momento de Guilherme ir até ela. Ele nada tinha a ver com aquela história e não queria interferir, nem perturbá-la. Considerava que, talvez, Silvia quisesse ficar sozinha. Esperaria ela entrar em contato. Mas ela não ligou naquela noite, nem no dia seguinte. Guilherme não podia mais esperar. Preocupou-se. Seu coração lhe dizia que algo não estava bem. Decidiu ir até a casa dela.

Tocou a campainha, mas ninguém atendeu. Bateu algumas vezes na porta e nada. Forçou a maçaneta e a porta se abriu.

— Silvia?! — chamou ele, em voz alta.

Não houve resposta.

Ele a procurou pela casa. A televisão da sala estava ligada, com o volume baixo e o canal mal sintonizado. Caminhou pelos cômodos e a encontrou deitada na cama, no quarto escuro por causa das cortinas fechadas. O ventilador estava ligado.

— Silvia?! — ele a chamou.

Ela não se moveu.

Guilherme apavorou-se e acendeu as luzes, medindo a pulsação dela com os dedos. O coração batia e ela respirava normalmente. Guilherme ficou aliviado. Chamou-a baixinho, com carinho.

— Silvia, meu amor. Meu bem, acorda!

Meio grogue, a moça abriu os olhos e soltou um gemido, levando a mão à cabeça.

— O que houve? Está doente? — ele inquiriu.

— Hum? Não... Eu... estava dormindo.

— Parecia um sono bem pesado. Me deu um susto.

— Eu tomei um remédio para dormir. Não estava conseguindo me desligar.

— Um remédio? — exasperou.

— Sim, *um* remédio, uma única drágea — ela esclareceu. — Não sou uma louca desequilibrada.

— Você está péssima. Vem, vamos reagir. Eu te ajudo.

Silvia esfregou os olhos e apertou um dos ombros que doía por causa da posição que ela havia se deitado. Guilherme apoiou o corpo dela, ajudando-a a se levantar.

— O que houve com você? — ele perguntou, ansioso por saber o que havia ocorrido entre ela e o ex-marido.

— Ah! É uma longa história e eu estou com um bafo de leão. Vou tomar um banho primeiro. Você pode me esperar?

— Claro, vou ficar lá na sala.

Ele fez um café forte para ela e colocou algumas fatias de pão com azeite no forno para assar.

— Desculpe ter te dado o bolo. Aconteceu um imprevisto — ela falou ao entrar na cozinha, secando os cabelos molhados com uma toalha.

— Tudo bem, eu já imaginava. Quer dizer, eu vim até a sua casa para te encontrar e vi um cara na porta, de terno e com uma mala. Imaginei que fosse...

— Sim, era ele.

Ela se sentou à mesa.

— Não te procurei ontem, pois não queria ser inconveniente.

— Ele colocou a xícara de café diante dela com o pote de açúcar e uma colher, para que ela mesma adoçasse a bebida conforme seu gosto.

— Você bem que podia ter chegado na hora e quebrado a cara dele.

— Se você quiser, eu posso fazer isso. Ele ainda está na cidade?

— Nem sei onde ele está — ela deu de ombros. — Não sei e não quero saber.

Ele tirou as fatias de pão do forno, colocou em um prato e a serviu, sentando à mesa diante dela.

— Não se acertaram? — perguntou ele.

— Não — falou brava, tomando um gole de café.

— Você parece bem magoada, ele te chateou?

— São gêmeos — ela encarou Guilherme, pousando a xícara na mesa.

— O quê? — o semblante dele ficou sisudo.

— Ele vai ser pai de gêmeos.

Guilherme não sabia o que dizer. Era uma loucura pensar que Silvia era estéril enquanto seu marido teria dois filhos com outra mulher.

— Ele veio pra te contar isso?

— Acho que sim, falou um monte de coisas, mas depois dessa, não consegui ouvir mais nada do que ele tinha para me dizer.

— Ele te pediu para voltar? — perguntou Guilherme.

— Sim. Você acredita? É muita cara de pau!

Guilherme queria permanecer neutro, todavia, sua vontade era dizer para ela desistir daquele cara e se casar com ele.

— Você quer voltar pra ele?

— Está louco?! Isso é impossível.

— Tem certeza? — Guilherme a interrogou.

— Absoluta.

Guilherme pousou sua mão sobre a dela.

Um amor de muitos verões

— Você conseguirá esquecê-lo, tenho certeza.

— Eu terei de ir embora — ela retirou sua mão da dele, pegando a xícara novamente e bebendo mais um gole de café.

— É, eu sei — ele apertou os lábios, aborrecido.

— Amanhã.

— Já? — Guilherme ficou surpreso e arregalou os olhos.

— Sim, a passagem de avião está marcada.

Ele ficou muito contrariado com aquela notícia. Precisava trabalhar naquela tarde, mas não queria perder seus últimos momentos com ela.

— Posso te ver mais tarde, para me despedir? — pediu ele.

— Pode, claro — respondeu a moça. — Que tal um jantar aqui em casa?

— Jantar?

— Ah, desculpa, esqueci que estará trabalhando — considerou ela.

— Eu virei.

— Não precisa, podemos combinar outra coisa, amanhã cedo. Meu voo sai depois do almoço.

— Eu virei hoje. Às oito?

— Pode ser — ela concordou com o horário.

— Nos vemos mais tarde — falou ele, se levantando, dando um beijo na cabeça dela e saindo da casa.

Durante todo o dia Guilherme trabalhou com a cabeça cheia. Pensava nos gêmeos e em toda aquela situação. Silvia não merecia sofrer assim. Pensou no seu sentimento por ela, não queria que ela fosse embora. Temia que ela não voltasse mais. Sentia saudades antes mesmo de ela partir. Todo o amor que ele havia sentido por ela no passado havia despertado de novo, ainda mais forte, mais maduro, e ele a desejava intensamente.

Pontual como sempre, Guilherme tocou a campainha. Seu coração estava apertado e sentia um nó na garganta ao pensar que aquela seria a última vez em que se veriam. No momento em que Silvia abriu a porta e seus olhares se encontraram, souberam que aquele não seria apenas mais um encontro. Naquela noite precisavam tomar uma decisão.

Silvia usava um vestido azul e cabelos soltos. A maquiagem tentava disfarçar em vão os indícios de que ela havia chorado o dia todo. Guilherme usava jeans, sapato e camisa social. Trazia um pote de sorvete e um ramalhete de flores.

— Obrigada, entre. As flores são lindas — ela sorria, mas tinha a voz e o semblante muito magoados.

Silvia fechou a porta e levou o sorvete para a cozinha. O aroma da carne assada estava muito bom.

— Eu fiz um suco de açaí, mas não tenho copos bonitos — disse ela procurando no armário.

— Não tem problema.

Ela colocou as flores em uma vasilha com água. Deu a Guilherme dois copos e serviu o suco. Silvia pegou um dos copos e tomou três grandes goladas. Estava nervosa.

— Como você está? — perguntou ele.

— Estou bem — ela limitou-se a dizer.

— O cheiro está bom.

— Mesmo? Estou fazendo uma carne assada. Espero que fique boa — Silvia se abaixou e conferiu o forno.

Guilherme carregava em seu peito um turbilhão de sentimentos. Seu corpo ardia com vontade de ter Silvia em seus braços. Ele tinha receio de não dar conta de se conter naquela noite. Acabaria confessando todos os seus pensamentos e sentimentos. Ela ia embora de qualquer forma e ele não tinha mais nada a perder.

— Deixa eu ver o restante da casa direito? Hoje, mais cedo, não consegui me concentrar, estava preocupado com você — pediu Guilherme.

Ele sempre recebia amigos de outras cidades e, geralmente, ficava mais em conta alugar aquelas casinhas do que se hospedarem em hotéis, pois eles passavam longas temporadas.

— É bonitinha, né? — considerou Silvia, mostrando a ele o pequeno quintal, a sala, a varanda, o banheiro e, por fim, o quarto.

Ele entrou e deu uma volta, reparando nos móveis, nas bugigangas que ela deixara sobre a cômoda e na vista da janela. Recostada na parede, Silvia observava aquele homem, admirando sua beleza enquanto ele espiava pela janela. Ao longe era possível ver as ondas negras se quebrando na praia iluminada pelas luzes artificiais dos holofotes. Aquele mar fora seu grande companheiro na ausência de Silvia. Ajudara-o a se lembrar dela, embora bastasse fechar os olhos para que a imagem dela sorrindo lhe viesse à mente. Foram doze longos anos de um amor silencioso e nostálgico. E agora Guilherme não sabia de mais nada.

— Está vendo o mar? — Silvia perguntou.

— Estou. A luz artificial ofusca um pouco a beleza, mas ainda assim é uma bela vista.

Guilherme percebeu que Silvia o observava e decifrou o olhar apaixonado dela. Sentiu um frio na espinha. Não sabia o que fazer. Se aproximou, colocando o copo de suco em cima da cômoda. Ela ficou imóvel e ele se aproximou ainda mais, colocando suas mãos na parede, na altura da cabeça dela, envolvendo-a. O coração dela disparou.

— Silvia, eu preciso te dizer uma coisa.

Ela se assustou e colocou a mão delicadamente nos lábios dele, como se quisesse silenciá-lo.

— Tem certeza?

— Tenho medo de falar e fazer você fugir de mim — admitiu ele.

— Acho que já sei o que é.

— Sabe?

Ela sorriu. Ele prosseguiu:

— Me sinto um adolescente bobo.

— Eu também.

— Parece que voltamos no tempo, sinto tudo aquilo de novo por você. Talvez mais. Agora eu sei bem o que é o amor e posso dizer que o que sinto...

— Para, não fala — interrompeu ela.

Ele se afastou e ficou sério. Reaproximou-se da janela e escancarou-a, deixando a brisa entrar. Voltou a olhar o mar sem pensar em muita coisa. Era um jantar de despedida. Nada mais. Não poderia exigir nada de Silvia. Eles não passavam de velhos e bons amigos.

— Guilherme...

Ele olhou em sua direção, atendendo ao chamado. Ela estava bem próxima a ele.

— Me diz. Eu quero ouvir — ela pediu.

Ele engoliu a saliva e olhou no fundo dos olhos dela.

— Eu te amo — declarou ele.

Silvia sentiu seu coração disparar. Seus olhos estavam perdidos nos de Guilherme. Ambos queriam a mesma coisa. Ela o beijou com muita intensidade, arrancando-lhe um suspiro apaixonado. O abraçou, envolvendo o seu pescoço e ele cruzou os braços por trás dela, trazendo-a para mais perto de seu corpo. O beijo foi se intensificando e, por impulso, ele a levantou pelas coxas, carregando-a. Deitou-a na cama, debruçando-se por cima dela. Guilherme não pensava em mais nada, apenas sentia o corpo e os beijos de Silvia, aspirava seu perfume, sentia o seu gosto. Ela começou a desabotoar a camisa dele. Guilherme abriu os olhos, segurou o pulso dela e parou de beijá-la.

— O que foi? — ela sussurrou.

Ele a encarou:

— Case-se comigo.

Silvia levou um baita susto.

— Guilherme, eu não posso — ela sussurrou de volta.

— E por que não?

— Sou uma mulher casada — afirmou ela, desvencilhando-se dos domínios dele, sentando na cama.

— Não, não é. Vocês não estão mais juntos. Ele tem outra família.

— O divórcio não está consumado. Eu ainda não estou livre.

— Mas isso é questão de tempo, certo? Você já tomou sua decisão.

— É um processo longo. Não vai se resolver da noite para o dia.

— Você está certa, devemos esperar — ele respirou fundo, tentando controlar o seu corpo e as suas emoções.

Ela hesitou antes de declarar:

— Não pediria uma coisa dessas a você.

— O que está dizendo? Que eu não devo te esperar? O que você quer, afinal? — questionou ele, ofegante, ficando de pé, abotoando a camisa.

— Não sei o que quero. Mas sei o que não quero.

Guilherme a ouviu em silêncio.

— Não quero fazer planos, nem me sentir angustiada, nem ficar ansiosa para que alguma coisa aconteça. Não quero interferir na sua vida, fazendo-o esperar por mim sem ter certeza do que eu realmente tenho para te oferecer. Não quero a obrigação de ter de voltar aqui para ficar com você pelo resto da minha vida. Nem quero a obrigação de fazer você feliz ou de ser feliz ao seu lado. Isso seria uma grande responsabilidade e eu não tenho meios para assumi-la agora. Eu preciso me curar primeiro, antes de viver um novo amor.

— Nosso amor não é novo, Silvia, não nasceu agora, neste verão. É um amor de muitos verões — ele estava alterado.

— Com um grande intervalo entre os outros e esse último — pontuou ela.

Ele andou de um lado para o outro, passando a mão no rosto, impaciente.

— Estou tentando compreender o que você diz, mas quanto mais eu ouço suas palavras, mais tenho a impressão de que o melhor a fazer é ir embora da sua vida para sempre.

O coração dela ficou apertado.

— Eu também não quero isso — ela admitiu.

Guilherme a encarou.

— Você tem de decidir o que quer. Pelo menos me diga alguma coisa para que eu possa saber o que fazer. Pelo menos me dê alguma esperança.

— Você me disse para não fazer promessas.

— Não estou pedindo uma promessa. O que quero é um lugar no seu coração.

— Ele é seu, Guilherme... Sempre foi. Pelo menos uma parte dele.

Guilherme sabia que ela estava sendo sincera. Via isso em seus olhos. Alguém poderia dizer que ela estava complicando as coisas. Já que o marido tinha outra mulher e estavam se divorciando, nada a impedia de ficar com outra pessoa também. Mas a situação não era tão simples. Por mais que Silvia estivesse com raiva de Miguel, ela ainda o amava. A separação havia sido repentina e ela ainda não tivera tempo de esquecê-lo. Ficaram juntos por quase uma década. Tinham uma história. O coração dela estava saturado. Com aquela viagem, Silvia buscava justamente limpar-se um pouco de tantos sentimentos e pensamentos, entretanto, ao reencontrar Guilherme, o turbilhão na mente e no coração aumentaram ainda mais. Silvia e Guilherme também tinham uma história. Eram jovens, sim, mas tinham vivido um grande amor.

Ele a queria imensamente, mas sabia que ela não estava pronta para um novo relacionamento, não naquele momento. E Guilherme não era mais um homem de uma noite apenas. Ou ele teria Silvia para o resto da vida como sua esposa ou não a teria nunca mais.

Respirou fundo, aproximou-se de Silvia e a beijou novamente. Um beijo mais lento e suave. Abraçaram-se demoradamente.

— Me desculpe — disse ela, deixando escapulir algumas lágrimas.

— A culpa não é sua — Guilherme a olhou nos olhos e os enxugou com delicadeza.

— Eu nunca quis magoar você.

— Não há mágoa alguma, meu amor.

— Eu queria que as coisas fossem mais fáceis. Mas eu estou tão confusa.

— E é também por isso que não devemos fazer nada que possamos nos arrepender depois. De todos os sentimentos possíveis, a culpa é o último que quero para nós.

— Eu só queria ser feliz com você por uma noite e fingir que nada disso está acontecendo à nossa volta. Que o mundo lá fora não existe.

Guilherme desviou os olhos.

— Eu não posso. Isso não está correto. Uma noite para mim não é o bastante. Não posso fazer isso. Eu não sei fingir.

— Eu sei das suas convicções. Estou sendo tola e seduzindo você. Perdoe-me.

— Escuta. Chega de desculpar-se. Somos adultos. Você vai embora amanhã. Não temos tempo a perder com lamentações. Olha pra mim.

Ela obedeceu.

— Quando tudo isso passar... Se algum dia perceber que há espaço para mim na sua vida, que você é capaz de me amar de novo e aceitar meu pedido de casamento... e se, até lá, nada de novo tiver mudado o curso da minha vida... me liga. Está bem?

Ela assentiu e o abraçou.

Ficaram abraçados por um tempo. Silvia então perguntou, quebrando o clima:

— Vamos comer?

— Sim, vamos, o aroma está muito bom.

— Me sinto orgulhosa por poder cozinhar para um *chef*. Mas ao mesmo tempo tensa para saber o que você vai achar.

— Eu não sou *chef*.

— Claro que é. Você cria receitas, inventa a montagem dos pratos, administra um restaurante. Você é um *chef* muito bom.

Depois do jantar, comeram o sorvete que ele havia levado, conversaram mais um pouco e sentaram-se no sofá abraçados. Guilherme envolveu a cintura de Silvia com seu braço esquerdo e a trouxe para mais perto de si. Ela recostou a cabeça no ombro dele, fazendo-o de travesseiro. Ficaram em silêncio por um longo período.

— Em que está pensando? — perguntou ele.

— Eu deveria ter me casado com você, quando me pediu, naquele último verão — ela respondeu.

— Éramos muito jovens, fez certo em não aceitar.

— Tenho certeza de que tudo seria diferente.

— Mas você não seria a pessoa que é hoje.

— O que eu sou? Uma pessoa frustrada e triste — Silvia lamentou.

— Não, você não é essa pessoa. Você está decepcionada e triste, mas logo irá superar isso e voltar a ser feliz. Isso é o que você sempre foi, uma garota feliz, inteligente, bem-humorada, sincera, carinhosa, verdadeira. Uma pessoa maravilhosa.

— Pensa tudo isso?

— Silvia, você é a melhor pessoa que eu já conheci em minha vida — ele acariciava os cabelos dela.

Um amor de muitos verões

— Tenho meus defeitos.

— Também tenho os meus. Todo mundo tem.

Ela refletiu. Concordava com Guilherme.

— Você tem razão, vou superar tudo isso. Acho que já comecei a fazer isso.

Após outra longa pausa, ele disse:

— Vou sentir saudade de você.

— Eu também. Queria poder passar mais um tempo por aqui, ou talvez o resto da minha vida.

— Está na hora de realizar os sonhos, Silvia, ao invés de ficarmos apenas idealizando.

Ficaram em silêncio, cada um com seus pensamentos, até adormecerem abraçados no sofá. Silvia lembrava-se do último verão em que estiveram juntos.

O TERCEIRO VERÃO

Silvia estava decidida a encontrar Guilherme naquelas férias. Sentia-se ansiosa para saber como ele estava, se estava namorando ou não, se ainda morava naquela cidade. Queria ver o seu rosto, ela lembrava-se de cada detalhe dele, mas certamente ele estaria mudado. Procurou-o no quiosque, mas ainda estava fechado. A praia estava praticamente vazia. O tempo nublado deveria ter incentivado as pessoas a dormirem até mais tarde.

Ela se lembrava de onde ele morava, mas teve receio de bater à sua porta tão cedo. Porém, era uma garota ansiosa e não conseguiria resistir. Andava depressa, raciocinando, tentando relembrar o caminho, até que chegou diante do portão da casa dele. Não havia campainha. Uma das coisas que deixavam aquela garota contrariada era ir a uma casa sem campainha ou interfone. *Como os moradores esperavam que os visitantes os chamassem? Esmurrando o portão? Que coisa mais deselegante e desagradável!* Mas foi o que ela fez, bateu no portão com o punho fechado. Instantes depois uma mulher de roupão, cabelos presos de qualquer maneira e rosto marcado pelos lençóis atendeu a porta.

— Sim?

— Bom dia, o Guilherme está?

— Guilherme? Sim, acho que sim. Deve estar no quarto dele. Quer ir até lá?

Silvia achou aquele convite um tanto quanto estranho. Por milésimos de segundos, imaginou-se entrando no quarto de Guilherme e o flagrando com outra garota na cama. Seria uma situação terrível.

— Será que a senhora pode chamá-lo para mim?

Silvia não teria coragem de entrar na casa dele, muito menos em seu quarto sem ser convidada. Seria muito esquisito e ele poderia não aprovar aquela atitude.

— Sim, quer entrar?

— Não, obrigada, vou esperar aqui fora. Me desculpe por acordá-la.

— Tudo bem, já está na hora de começar a labuta. Espere um pouquinho.

Dora entrou na casa, bateu à porta de Guilherme e entrou.

— Guilherme?! — chamou ela, acordando-o.

— Hum? — resmungou ele.

— Tem alguém te chamando lá no portão.

— Quê? Que horas são? — perguntou ele, ainda de olhos fechados.

— Oito e pouco.

— Ah... Diz para voltar depois.

— É uma garota.

Guilherme abriu os olhos.

— Que garota?

Dora sorriu.

— É bonita. Você gosta dela, que eu sei.

— Que garota, Dora? — perguntou ele virando-se na cama.

— Aquela da foto, a mineirinha.

Guilherme deu um pulo, sentando-se depressa.

— Tem certeza?

— Ela está mais velha, mas é ela mesma.

— Ela tinha quinze anos na foto.

— Está te esperando lá fora, no portão.

— Manda ela entrar. Vou me arrumar rapidão.

— Eu mandei, mas ela não quis. Deve estar com vergonha.

Guilherme tomou uma ducha rápida, calçou chinelos, colocou uma bermuda e uma camiseta, penteou os cabelos, se perfumou e escovou os dentes. Olhou-se no espelho mais duas ou três vezes antes de sair do quarto.

— Vai a uma festa, menino? Para que esse perfume todo? — perguntou seu pai, que estava sentado na cozinha.

— A namoradinha dele está lá fora — Dora informou com um sorriso insinuante.

— Qual delas? — resmungou Rogério.

— Pai, não fala isso perto da menina, hein! — repreendeu Guilherme.

— É a namoradinha que ele mais gosta — disse Dora.

Guilherme abriu o portão, Silvia estava sentada no meio-fio, abraçando os joelhos dobrados. Ao ouvir o barulho do portão, ela se virou e os olhares dos dois jovens se cruzaram. Guilherme abriu um largo sorriso. Era mesmo ela. Silvia se levantou e o cumprimentou.

— Bom dia.

— Bom dia, mineirinha.

— Desculpe te acordar.

— Será que já acordei? Acho que ainda estou sonhando. Você está mesmo aqui na minha frente?

Ela sorriu olhando para o chão, acanhada.

— Você está diferente, mudou muito em um ano — ele analisou.

— Acha mesmo? — perguntou ela, sem saber se aquilo era bom ou ruim.

— Está mais bonita ainda. Nem sabia que isso era possível — disse ele, se aproximando dela.

Ele a abraçou. Ela sentiu o seu perfume e, pelos cabelos molhados, teve a certeza de que ele havia tomado banho.

— Você está mais forte — ela elogiou.

— Estou tentando. Malho cinco vezes por semana, mas a magreza ainda me persegue.

Ela deu um leve sorriso.

— Fez boa viagem? — perguntou ele.

— Fiz — Silvia respondeu.

— Quer dar uma volta?

— Você não tem de trabalhar?

— Sim, mais tarde. Já tomou café?

— Não. Cheguei meio enjoada da viagem. Aquele cheiro de embreagem da estrada acaba comigo — ela fez uma careta e girou a mão na barriga.

— Já está melhor? Vamos à padaria?

— Vamos. Já melhorei.

Guilherme segurou a mão de Silvia e caminharam juntos até chegarem em uma padaria. Fizeram seus pedidos, sentaram-se nos banquinhos do balcão e conversaram um bom tempo, tentando atualizar as informações entre si.

Guilherme parecia radiante ao lado de Silvia. Por diversas vezes, ao longo do ano que se passara, ele se pegou pensando nela, um pouco angustiado, sentindo uma saudade específica, curioso para saber como ela estava, se estava bem, o que andava fazendo... Era como se lhe faltasse alguma coisa.

Ele lia algumas cartas que ela havia mandado, ouvia alguma música que o fazia pensar nela, mas, em seguida, tratava de abandonar aqueles pensamentos, pois, afinal, era um homem e não podia ficar apaixonado daquele jeito por uma garota que ele mal tinha contato. Todavia, ao vê-la ali, diante de seus olhos, ele teve a certeza de que o sentimento era recíproco. Ela estava ali por causa dele, havia saído de sua terra natal até Arraial do Cabo para se encontrar com ele.

Por mais que aquele fosse realmente um amor de verão, ele queria vivê-lo intensamente, queria que fossem os dias mais felizes da vida dela até aquele momento, queria fazer valer a pena todo o esforço que ela certamente havia feito para poder se encontrar com ele de novo.

Para que Guilherme pudesse ir para o trabalho, eles se despediram e combinaram de se encontrar às 18 horas na Praia Grande para caminharem um pouco. Durante parte da manhã e início da tarde ele avistou Silvia e Rebeca na praia e até conversou um pouco com elas, mas o dia nublado, que prometia um movimento fraco, na verdade foi de muitos clientes e trabalho árduo. Quando as duas foram embora, ele correu até elas para se despedir.

— Me desculpem não poder dar a atenção que vocês merecem, mas é que estamos com poucos funcionários e o movimento está intenso.

— Que é isso, Guilherme, você está trabalhando, entendemos perfeitamente, não é, Silvia?

— Sim, mãe.

— Nos vemos depois — disse ele a Silvia.

— Está bem — respondeu ela.

Ao encerrar seu expediente, Guilherme correu até em casa e tomou um banho, se aprontando para encontrar Silvia. Quando ele chegou, ela já estava lá, próxima ao mar, molhando os pés na espuma das ondas. Ele chegou sorrateiro e a abraçou pelas costas, encostando seu tórax nas costas dela e a envolvendo com os seus braços, beijando carinhosamente seu pescoço.

— Oi, gata.

Ela se assustou por uma fração de segundos, até se certificar de que era Guilherme.

— Você está cheirosa — elogiou ele.

— Você também, foi em casa?

— Lógico, queria estar bonito e cheiroso para a minha gata.

Caminharam descalços, devagar, de mãos dadas, na areia úmida. Conversavam apaixonadamente.

— Guilherme, eu sempre quis saber mais sobre aqueles barcos e casinhas que ficam ali nas pedras. Os pescadores moram ali?

— Não, os pescadores têm suas casas aqui em Arraial, mas ficam naquelas casinhas esperando uma boa oportunidade para lançarem as redes. Funciona assim, está vendo aquela casinha lá em cima do morro? — ele apontou para o alto, indicando o que estava tentando mostrar.

— Sim.

— Um homem fica lá o dia todo, enquanto houver claridade. Ele é o olheiro e fica observando o mar com atenção para identificar cardumes que se aproximam, a quantidade de peixes e até o tipo de peixe que está nadando.

— Ele consegue saber até qual peixe é?

— Sim.

— Puxa! — Silvia ficou admirada.

— Aqui embaixo, nas pedras, fica outro homem, atento aos sinais do olheiro. Quando o olheiro indica a chegada de algum cardume, esse homem aqui embaixo avisa os demais pescadores que estão nas casinhas à espera e, então, eles saem laçando as redes. Se for muito peixe, precisam de duas redes ou mais.

— E tem muito peixe aqui?

— Sim. Tem muitos casos de pescadores que conseguiram uma boa quantidade. Cada tipo de peixe tem um preço no mercado.

— Pode pescar qualquer tipo de peixe?

— Não sei, acho que sim. Menos na época da procriação.

— E tartarugas?

— Não, tartaruga não pode de jeito nenhum. Se vier alguma na rede, os pescadores rapidamente a salvam. Se algum deles pescar tartaruga recebe sanções bem fortes.

— É verdade que já teve tubarão aqui? — Silvia estava curiosa sobre as histórias que havia escutado.

— Aqui perto da praia é mais difícil, mas pode acontecer. Depois das pedras, lá na frente, com certeza tem. Cação, tubarão-martelo... Sabia que já encontraram até pinguins aqui na Praia Grande?!

— Sério? — ela levantou as sobrancelhas, abismada.

— Sério. Em julho, as águas são bem frias e há influência de correntes da parte sul do planeta.

— Uau! Caramba! Imagina só, ver um pinguim por aqui!

Depois de caminharem na praia, foram até o centro, comeram juntos uma pizza e sentaram-se numa praça para namorar. Pareciam dois pombinhos apaixonados.

No caminho de volta para casa, passando por uma banca de revistas, Silvia deu uma olhada no material, queria algo interessante para ler na praia ou quando estivesse de bobeira em casa. Acabou saindo de mãos vazias.

— Desistiu de comprar? — perguntou Guilherme.

— Não encontrei nada inspirador — disse ela.

— Sabe o que me inspira? — ele olhou para ela de maneira sedutora.

— O quê?

— Você.

— Te inspiro a quê? — ela sorriu, provocando-o

— A fazer isso — disse ele, beijando-a. — Mas também posso fazer um poema. Você me inspira a esse ponto, sabia?!

— Um poema para mim?

— Quer ouvir?

— Quero.

Ele pigarreou teatralmente:

— Lá vai...

Silvia, Silvinha
Silvia, meu bem

Você é minha
E eu de mais ninguém

Outro dia estava triste
Meu coração era só dor
Mas agora com você aqui
O que eu sinto é amor

Não sei o que fazer
Quando você for embora
Fique aqui para eu te ver
Antes que desapareça nesse mundo afora

Desde a primeira vez que te vi
Você permanece em minha mente
Mesmo que eu quisesse, não poderia te esquecer
Porque eu te amo hoje e para sempre.

Silvia olhava para Guilherme, sorrindo com a boca e com os olhos.

— Você inventou esses versos agora? — ela piscava, sem acreditar.

— Sim — ele deu um sorriso maroto.

— Puxa, estou ao lado de um poeta e nem sabia.

— Gostou?

— Sim, eu amei. Você vai ter que escrever para eu guardar.

— Puxa, será que vou me lembrar?

— Depressa! Arranja um papel e uma caneta, por favor. Eu quero cada uma dessas palavras para mim!

Ele foi até um quiosque, demorou alguns minutos e depois retornou, com o papel dobrado nas mãos.

— Aí está.

Ela desdobrou o papel e leu o poema.

— Obrigada — ela beijou Guilherme no rosto.

— No rosto? — ele indignou-se.

Silvia, sorriu e beijou-lhe levemente nos lábios, mas ele a abraçou e deu-lhe um beijo mais forte e caloroso.

O LUAU

Após o dia de praia, Silvia passou no quiosque para se despedir de Guilherme e combinar o que fariam à noite. Ele a convidou para um luau com seus amigos. Fariam uma fogueira, tocariam violão, talvez alguém levasse alguma comida. Combinaram de se encontrar, às oito horas, perto do quiosque dele.

Quando chegou ao local e horário marcados, Silvia sentia-se um pouco esquisita. Gostava de passear com Guilherme e a verdade é que havia ido até Arraial do Cabo para ficar com ele, mas não se sentia à vontade perto dos amigos dele, e ela era uma garota bem tímida para se juntar a uma turma de desconhecidos e se divertir. Mesmo assim decidiu tentar se enturmar. Queria ficar com ele e jamais recusaria um convite daquele obrigando-o a desistir de seus planos para ficar sozinho com ela. Seria feio da parte dela e não queria ser egoísta. Ele chegou logo depois dela, abraçando-a.

— Oi, Silvia. Demorei?

— Não, acabei de chegar.

— Vem, vamos nos divertir — ele segurou a mão dela, a conduzindo.

Desceram a calçada em direção à praia e caminharam alguns metros na areia em meio à escuridão. Ela segurava firme a mão dele, sentindo-se insegura. Não existiriam bichos na areia àquela hora da noite? À frente, alguns jovens estavam sentados em roda sobre toalhas e cangas ao redor de uma pequena fogueira que começava a ganhar força. Dois deles tocavam violão enquanto uma garota sacudia uma espécie de chocalho artesanal.

Guilherme chegou de mãos dadas com Silvia e seus amigos abriram espaço para que pudessem se sentar. O céu pouco estrelado tornava a noite mais escura. Silvia olhou em direção ao mar, ouvia o barulho dele, mas não o enxergava direito. Olhou também para as duas direções da Praia Grande, não se via nada nem ninguém, apenas as luzes de outras áreas urbanas mais longe. Silvia sentiu medo. Medo de animais, medo de gente, medo do escuro, medo de fantasmas. Ficaria grudada em Guilherme.

Quando se sentaram à roda, o violonista tocava a música *Redemption Song*, de Bob Marley. Silvia conhecia a letra e cantou baixinho, entrando no clima. Guilherme ria e parecia estar se divertindo muito. A garota despertou de seu momento de bonança quando uma garrafa de vinho começou a circular entre os adolescentes, que davam goladas generosas. Alguns fumavam cigarros, outros três mais afastados do grupo pareciam fumar outra coisa. Ela teve medo da polícia. Aquilo não era proibido?

Já tinha ido a outros *luais*, no clube do qual era sócia ou no sítio de uns parentes, mas nesses casos conhecia as pessoas, eram seus amigos ou primos, não havia drogas e ela se divertia muito. Lembrou-se de um que organizou junto a algumas amigas de escola. Fizeram uma bonita mesa de frutas, havia ponche feito com guaraná e sanduichinhos de presunto e requeijão. Havia sido um sucesso. Aquele luau dos amigos de Guilherme estava estranho para ela. Ali ela só conhecia Guilherme e estava se sentindo muito deslocada, não se sentia à vontade para cantar em voz alta e não queria ficar no meio daquelas pessoas bebendo, fumando e consumindo drogas. Se sua mãe soubesse seria um caos.

Alguém rodou a garrafa para Guilherme, que tomou dois grandes goles.

— Só isso, Gui? — perguntou uma garota. — Tá pegando leve?

Guilherme riu e bebeu mais. Depois passou a garrafa à Silvia, que a segurou repassando ao garoto ao seu lado.

— Não vai beber? — perguntou o sujeito.
— Não — ela balançou a cabeça, negando.
— É vinho com leite condensado, está bom!
— Não, obrigada — reafirmou a menina.

Silvia observou algumas garotas que fumavam. Elas mal sabiam segurar o cigarro, tragavam de maneira inexperiente e soltavam a fumaça como se fosse algo muito bom. Estavam forçando a barra. *Por que estavam fumando? Queriam mostrar ou provar alguma coisa para alguém? E o que queriam provar? Que eram mais maduras, mais malucas, mais descoladas?*

Para Silvia aquilo provava que eram imaturas e sem personalidade. *Por acaso nunca tinham visto uma mulher mais velha que tinha o vício do cigarro? Nunca repararam em como o fumo havia danificado sua pele, seu rosto, seus dentes e sua voz?* Fora as inúmeras pessoas que morrem todos os anos de câncer de pulmão e outros danos causados pelas substâncias químicas contidas nos cigarros. *Era um vício estúpido.*

Alguém puxou uma música do Legião Urbana. Silvia não sabia a letra toda e se limitou a balançar o corpo, curtindo o som. Aquele garoto tocava violão muito bem! Outras garrafas circulavam por eles e depois de um tempo Guilherme começou a ficar alterado e dava muitas gargalhadas enquanto conversava com seus colegas. Certa hora, ele se levantou ao ser chamado por um rapaz.

— Já volto — disse ele a Silvia, beijando-a no rosto.

Ela observou despistadamente para onde ele iria e o perdeu de vista em meio à escuridão. Sentiu raiva ao pensar que ele estaria ficando com outra garota escondido. *Mas não era possível. Ele não seria tão babaca!* Se deu conta de que estava careta, no meio de um monte de jovens bêbados. Alguns casais se beijavam, um rapaz dormia recostado a uma garota. Silvia não era amiga de ninguém, ela sentiu-se uma penetra. Ela tinha vários amigos em Belo Horizonte e era muito valorizada entre eles. Nas listas de convidados, ela era sempre uma das primeiras e todos queriam estar perto dela, conversar ao telefone... Aquela situação em que Silvia se metera era alienígena para ela e era assim mesmo que estava se sentindo em meio àquele grupo ao qual não pertencia: uma estranha. Guilherme demorava e ela não queria mais esperar. O rapaz lhe passou de novo a garrafa de bebida alcoólica.

— Vai aí?

— Eu já disse que não quero! — disse ela de forma rude.

Aquilo foi a gota d'água. Ela se levantou e foi embora, zangada.

— Que patricinha! — criticou uma das garotas da roda em voz alta para que Silvia escutasse.

— Ficou brava — comentou o garoto, sarcástico.

— Já vai tarde — completou a mesma menina, em voz alta.

— Onde o Guilherme está? — perguntou um dos garotos.

— Sei lá! — respondeu outro, balançando os ombros.

Assim que Silvia saiu, Guilherme voltou e procurou por ela.

— Cadê a Silvia?

— Quem? — um dos garotos bêbados ficou confuso.

— A Silvia, caramba! — Guilherme perdeu a paciência.

— A metidinha que veio com você? — perguntou a garota enciumada. — Foi embora batendo o pé.

Guilherme cruzou os braços e inquiriu:

— Por quê? O que aconteceu?

— A culpa não foi minha, eu não fiz nada — disse o garoto que estava ao lado deles levantando as duas mãos como um suspeito.

— Você sumiu, Guilherme, ela sobrou — riu uma das garotas. — Deixa ela pra lá, parece ser uma chatinha.

— Cala a boca! Fica na sua! — falou Guilherme em tom agressivo.

Guilherme avistou Silvia muito à frente e foi atrás dela. A menina seguia em direção à calçada, correndo. Ao se deparar com o breu, teve medo e tentou avançar o mais rápido que pôde. Era difícil correr na areia. Ouviu alguém vindo atrás dela e correu ainda mais depressa. Seu coração estava disparado.

— Silvia! — Guilherme a chamou, segurando-a pelo braço.

Ela se virou, apavorada e o empurrou com força.

— Não! — gritou ela.

Ele também se assustou com aquela reação. Silvia respirava forte e estava com os olhos arregalados. Quando ela viu que era Guilherme, tentou se acalmar e, por causa do nervosismo, um misto de gargalhadas com choro tomou conta dela.

— Ai, Guilherme, que susto! Você quase me matou do coração — ela levou a mão ao peito, ofegante.

— O que foi? Eu é que quase morri de susto. O que aconteceu?

— Nesse breu todo e alguém vem correndo atrás de mim... Meu Deus!

Ele riu e se aproximou dela, abraçando-a.

— Me desculpa, não queria te assustar. Por que está indo embora? Eu te levo em casa, não precisa ir sozinha.

— Você sumiu, sobrei igual jiló na sopa.

— Eu estava... — ele parecia querer inventar uma desculpa.

— O quê? — ela interrogou, sem dar tempo de ele pensar em algo.

— Trocando uma ideia com um amigo.

Guilherme não parecia estar muito bêbado, apesar de ela tê-lo visto beber várias vezes.

— Tinha uma garota lá que não parava de me encarar. Deve estar a fim de você — comentou ela, com desdém.

— Eu sei quem é.

— Você já ficou com ela, não é?

— Já. Mas tem tempo.

Silvia o encarou e insistiu na conversa:

— O que você estava fazendo?

Um amor de muitos verões

— Já disse, trocando uma ideia — ele parecia sem jeito.
— Você estava fumando?
— Eu não fumo — ele negou com a cabeça.
— Não tô falando de cigarro.
— O quê? Não! Não estava usando drogas. E eu não faria isso perto de você.

Guilherme percebeu que não a tinha convencido.

— É verdade, cheira minha mão — disse ele estendendo os braços.
— O quê? Pra quê? — ela afastou o rosto. — Eu não sei dessas coisas, Guilherme. Vou para casa, está tarde — Silvia estava aborrecida.
— Qual é, Silvia, são dez e meia da noite!
— Eu não estou afim de voltar para o luau, Guilherme. Pode ir, são seus amigos. Amanhã a gente se vê.
— Não, eu quero ficar com você — ele pegou na cintura dela.
— Sei...

Silvia estava enfezada e mantinha os braços cruzados sem dar espaço para os carinhos de Guilherme.

— O que foi. Por que está zangada? Porque te deixei sozinha, né?
— Sim.
— Tá bem, olha, meu amigo estava me perguntando umas coisas... Por isso eu estava conversando com ele.
— Que coisas?
— Se eu não queria as chaves da casa dele emprestadas para ir com você até lá. Ele mora sozinho.

Silvia estremeceu e ficou ruborizada.

— Ele me ofereceu a casa dele para eu namorar com você lá. Ficaríamos sozinhos, só nós dois — completou Guilherme.
— E você aceitou?
— Não. Hoje não — ele contou.

Ela ficou em silêncio.

— Eu tomei vinho, estou meio tonto. E também imaginei que você não iria aceitar — justificou o garoto.

— Eu nem bem cheguei e você já está querendo transar comigo?!

— Eu sempre quis transar com você — confessou ele.

Silvia sentiu-se pressionada. Levou as mãos à cintura, contrariada.

— Pois pode esquecer. Eu não vou fazer isso. Chama aquela garota, com certeza ela deve ser boa de cama. Vai lá e convida ela pra ir com você na casa desse seu amigo.

Silvia se virou e saiu andando, furiosa. *O que ele estava pensando? Como ele podia tratar aquele assunto assim, como se não fosse nada importante? Quem Guilherme pensava que era para supor que ela transaria com ele? Só porque ela voltou a Arraial e procurou por ele?*

Não eram mais crianças... Silvia sabia disso. Guilherme era um homem, mas ela não tinha certeza que tipo de homem ele tinha se tornado. Ele era muito bonito, devia estar acostumado a ficar com várias garotas. *Devia ser um galinha! Que decepção! Que burrice! Como ela pôde ser tão inocente pensando que o encontraria apaixonado, esperando por ela de braços abertos, romântico como antes?!*

— Eu sou uma boba! — acusou a si mesma.

— Que droga! Seu burro! — praguejou Guilherme, dando um leve tapa no seu próprio rosto e, em seguida, foi atrás dela. — Silvia! Espera, não faz assim.

A alcançou e parou na frente dela. Ela se virou para esconder o choro, enxugando os olhos rapidamente.

— Silvia, calma, por que está chorando? Você entendeu tudo errado. Me escuta, vai.

Ele segurou nas mãos dela, virando-a para si e enxugou seus olhos delicadamente.

— Você mal chegou e já te fiz chorar. Me desculpa, por favor. Levei você ao luau para podermos curtir. Achei que ia ser legal.

— Com aquele tanto de gente bebendo, fumando e usando drogas? Se minha mãe ficar sabendo, estou perdida! Ficarei de castigo pro resto das férias.

Guilherme se deu conta da bobagem que havia feito.

— Me perdoe. Não pensei nisso. Você está certa.

— O que está havendo com você, Guilherme? — ela olhou nos olhos dele, apreensiva. — Nunca vi você bebendo. Quem é essa gente que você está andando? Você sempre foi um menino responsável. Isso não combina com você.

— Eu não estava usando drogas. Eles são meus amigos. Não pensei que você ficaria tão impressionada.

— E na polícia? Não pensou nisso também? Se pegam a gente lá com aquelas pessoas se drogando... Isso é crime!

Ele passou as mãos nos cabelos, envergonhado.

— A polícia não vai lá, era só uma festinha.

— Ah, Guilherme, corta essa! Isso é papo furado!

— Você está cheia de preconceitos!

— Me desculpe se estou parecendo chata, não quero diminuir seus colegas. Mas eu e meus amigos somos caretas. Não estou acostumada com isso. Claro que já fui a lugares com pessoas bebendo, mas ninguém ficou enfiando a garrafa com aquele vinho fedorento na minha cara, me obrigando a beber.

— Não foi legal, eu sei... Foi mal, vai — suspirou ele, enfiando as mãos no bolso.

— Eu fiquei mais velha, mas continuo sendo boba — ela desviou os olhos.

— Você não é boba, está certa — ele puxou o queixo dela para sua direção. — Que bom que não é "Maria vai com as outras". Sinal que você tem personalidade.

— Você já deveria saber disso. Não nos conhecemos hoje — ela fitou-o profundamente nos olhos.

Guilherme alisou os cabelos dela, colocando uma mecha atrás da orelha.

— Eu sei... Por isso não aceitei as chaves.
— Por que sabia que eu não iria transar com você?
— Porque eu sabia que não transaria comigo, se eu estivesse bêbado.

Ela ficou bastante séria.

— Eu jamais iria com você à casa desse garoto.
— Jamais? — ele simulou espanto.
— Nunca — ela reafirmou, segurando o sorriso.
— Nunquinha mesmo, sem chance? — indagou ele, fazendo graça.
— Não — respondeu ela, soltando uma risada.
— Tem certeza?
— Tenho.
— Eu sou bonitinho...
— Para! — ela ria.
— E sou muito gostoso — ele a abraçou, estreitando seu corpo ao dela.
— Deixa de ser convencido.
— Sou o seu amor.
— Quem disse isso?
— Eu sei que sou.

Ele tentou beijá-la. Ela virou o rosto, escapulindo.

— Diz pra mim que sou seu amor, diz — ele segurava Silvia pela cintura.
— Não vou dizer — teimou ela.
— Você é o meu amor, sabia?

Os olhos dela brilharam:

— Sou?

— Sim.

— Só nos meses de janeiro, né?

— Você é o meu amor desde a primeira vez que eu te vi.

Ela ficou encantada pela declaração, mas se fez de difícil.

— Mentiroso.

— É verdade.

— Por que não me escreveu, nem telefonou? — a garota questionou.

— Eu sabia que você viria — justificou ele.

— Mas podia ter mantido contato.

— Tentamos da outra vez, não conseguimos... Além disso, não queria ficar no seu pé.

— Sei... Você sempre tem uma desculpa.

— Dá um sorriso pra mim, vai.

Ela sorriu.

— Me dá um beijinho.

Ela deu um selinho nos lábios dele. Guilherme a apertou em seus braços e a beijou forte. Silvia o abraçou também.

— Tem certeza de que não quer mesmo ir à casa do meu amigo? — ele sussurrou.

Ela o empurrou, brincando.

— Cale a boca! Você disse que não tinha aceitado a chave!

Ele tirou um pequeno molho de chaves do bolso e balançou pra ela.

— Seu chato! Agora ele vai ficar pensando que rolou alguma coisa! — ela se enfezou

— Calma, eu estou brincando, essa chave é da minha casa — riu ele, andando atrás dela e a abraçando de novo.

— Jura?

— É verdade, não peguei as chaves com ele. Mas...

— Mas o quê?

— Quem sabe outro dia?

Dessa vez, ele estava mais sério, ele a desejava e ela estava se tornando uma mulher muito bonita. Silvia ficou tímida e o sorriso sumiu de seu semblante.

— Não vou transar com você, Guilherme, já falei.

— Você é virgem?

Ela escancarou os olhos ao ouvir aquilo. Não se sentia à vontade para conversar sobre esse assunto.

— Deve estar bêbado mesmo pra me perguntar uma coisa dessas.

— Qual é o problema? É só responder. Você já me fez essa pergunta antes.

— Já? — Silvia tentou lembrar a que ele estava se referindo.

— Sim, quando foi lá em casa da primeira vez.

Ela recordou e deu um suspiro. Se ela tinha perguntado, então também era justo responder.

— Isso importa pra você? Mudaria alguma coisa entre nós? — questionou ela.

— Claro que não. Você é a Silvia, minha gata. É só uma curiosidade.

— Eu sou. Não conta pra ninguém.

Ele riu.

— Contar? Pra quem? Você é doida? Não conto suas coisas pra ninguém. Não conto nossas coisas pra ninguém. Somos só eu e você, somos amigos.

Ela sabia que podia confiar nele.

— Vem, vou te levar pra casa. Eu prometo que não vou mais beber quando estiver com você — ele falou.

— Não fica fazendo promessas.

— Eu nem gosto de beber, só faço de zoeira.

Seguiram até a porta da casa dela. Ele se despediu e foi embora.

A moda do momento era tomar creme de açaí, uma fruta da Amazônia de coloração roxa, muito gostosa, fonte de fibras, proteínas, lipídeos e vitaminas, e um ótimo energético. Silvia ficou praticamente viciada naquele alimento e passou a consumi-lo diariamente no lugar do sorvete. Nas lanchonetes que vendiam o creme de açaí colocavam à disposição dos clientes potes com guloseimas e coberturas de vários sabores para que as pessoas pudessem se servir. Ficava uma delícia. Guilherme também amava aquilo e sempre iam juntos comprar no fim da tarde.

Em um desses dias, depois de comprarem o açaí, Silvia e Guilherme fizeram uma caminhada pela Praia Grande. Ele a levou para mais além, subindo o morro e seguindo pela trilha que dava nas pedras. Ela nunca tinha ido por aquelas bandas e ficou deslumbrada pela vista. Embora deserto, Silvia não sentia medo, pois a companhia de Guilherme a fazia sentir-se segura.

No caminho, passaram por um bonito condomínio de casas brancas e azuis. A trilha era cimentada e a vegetação às margens era composta por gramínea. Quanto mais subiam, melhor era a vista da Praia Grande que fazia jus ao nome: extensa, bela, imponente, paradisíaca. Dava para ver as pessoas pequeninas lá embaixo, nadando nas águas geladas do mar verde e azul. O despenhadeiro era pedregoso, com um mato seco e alguns cactos.

Passaram por duas bicicletas encostadas no barranco, bastante enferrujadas. Cruzaram também com uma cratera larga e rasa, onde o cimento havia cedido. Havia uma pequena trilha em degraus que dava para o alto do morro, mas passaram direto por ela, seguindo em frente. Mais adiante havia outra trilha. Essa, ao contrário, era na descida e o fim dela era nas pedras, que mergulhavam no mar. Havia uma construção abandonada, com uma espécie de elevador de carga e canos grossos e imensos. Uma ilhota, ao longe, enfeitava o mar azul. Era quase totalmente desprovida de cobertura vegetal e areia, com rochas expostas.

— Alguém já foi até aquela ilha? — perguntou Silvia.

— Ninguém que eu conheça — respondeu Guilherme. — Mas já ouvi histórias de pescadores.

Caminharam mais um pouco.

— Acho que aqui está bom — disse ele.

— É, já estou cansada mesmo — comentou Silvia.

Sentaram-se nas pedras, em silêncio, sentindo a brisa, aspirando o aroma da maresia, ouvindo o barulho das ondas e o farfalhar da vegetação, agitada pelo vento. Guilherme passou seu braço pelos ombros de Silvia, aproximando o corpo dela ao seu.

— Isso aqui parece o paraíso.

— É... Deus foi bem caprichoso ao fazer esse lugar — concordou Guilherme. — Mais caprichoso ainda quando fez você.

Ele a admirava, apaixonado. Silvia corou. Guilherme aproximou seus lábios dos dela e beijaram-se. Um beijo que ficou mais intenso a cada segundo, fazendo o coração de ambos disparar e um desejo vivo arder dentro deles. Guilherme se debruçou sobre Silvia, e ela, por sua vez, se recostou nas rochas. Ele tirou a camisa e colocou-a debaixo da cabeça de Silvia, para ficar confortável para ela. Silvia deslizou suas mãos pelo peito e costas de Guilherme. Ele tinha um corpo bonito. Ele a beijou no pescoço, no rosto, e de novo nos lábios. Acariciava os cabelos dela. A respiração de ambos estava ofegante. Ninguém podia vê-los. Estavam sozinhos.

— Ah, meu amor, você é tão linda! — suspirou ele.

Silvia continuou acariciando as costas dele, em silêncio. Beijaram-se por muito tempo. Guilherme sentiu-se muito seduzido e não quis avançar mais. Ali não era o melhor lugar para que Silvia se entregasse a ele. Então parou de beijá-la e com carinho se levantou, puxando-a para junto de si. Ficaram abraçados ainda um tempo antes de irem embora, de volta para a praia.

HÁ ALGUMA COISA ERRADA

No dia seguinte, Guilherme não apareceu no quiosque e nem na casa de Silvia. A garota ficou magoada, pois depois do momento de intimidade que haviam tido no dia anterior, pensou que ele ficaria doido para reencontrá-la, assim como ela ficou. Dormiu cedo para tentar parar de pensar besteiras. Provavelmente estava ajudando o pai em alguma coisa e não conseguira se esquivar.

Acordou tarde na manhã posterior e foi almoçar com a mãe. Depois voltou para o seu quarto e ficou deitada, lendo uma revista. Por volta das 18h30, a campainha tocou e Rebeca atendeu. Logo depois, bateu na porta do quarto de Silvia e entrou.

— É o Guilherme. Está lá na sala te esperando.

Silvia se arrumou e desceu as escadas.

— Oi, gatinha. Você sumiu — ele se levantou e a abraçou.

— Eu sumi?

Ele a olhou, confuso.

— Te esperei na praia ontem o dia todo. À noite, você não passou aqui. Como poderia adivinhar onde você estava? — ela demonstrava irritabilidade.

— Eu... Foi mal.

— Estava trabalhando com o seu pai?

— Não... Eu estava com uns amigos.

— Amigos? — Silvia ficou surpresa. Haviam perdido um dia inteiro juntos porque ele preferira ficar com os amigos, depois de toda aquela pegação nas rochas.

Ela não disse nada, mas ficou com um semblante triste.

Ele sabia que tinha pisado na bola. Tinha feito a escolha errada ao sair com aqueles caras. Depois de deixar Silvia em casa, se encontrou com eles e virou a noite bebendo. Acordou tarde e com ressaca. Não queria que Silvia o visse daquele jeito. Também não conseguiu ir trabalhar e acabou se juntando aos tais amigos novamente, para beber mais e desperdiçar o tempo.

— Me desculpa — ele pediu.

— Pelo quê?

— Por não ter aparecido ontem.

— Você não é obrigado a querer me ver — a resposta dela foi sincera, mas carregada de decepção.

— Fui burro. Temos pouco tempo para aproveitar e desperdicei um dia inteiro.

— Não nascemos grudados.

Ele não estava gostando da forma grosseira como ela respondia.

— Qual é, Silvia? Eu já pedi desculpas. Vai ficar me tratando desse jeito?

— Só estou chateada.

— Mas eu estou aqui agora, não estou? O que mais você quer?

Ela o olhou, assustada. Ele estava sendo rude. E por quê?

— Quero que vá embora — ela disse.

— O quê? Está de brincadeira, não é? — agora Guilherme tinha ficado irritado de verdade.

— Não quero que fale assim comigo — ela ordenou.

— Quer dizer que você pode me maltratar e eu tenho de ficar igual capacho? — ele rebateu.

— Ouça o que está dizendo, Guilherme. Quanta bobagem!

— Bobagem é ficar brigando enquanto poderíamos estar nos divertindo.

— Eu não tenho culpa se você some um dia inteiro depois daquela pegação toda lá nas pedras. Como quer que eu me sinta? Insegura, envergonhada, enciumada...

Guilherme pensou bem.

— Puxa, meu amor, eu estou sendo um babaca. Você tem toda razão. Olha, a verdade é que eu fiquei bebendo a noite toda e acordei tarde e passando mal. Não queria que me visse daquele jeito. Fiquei pensando em você o tempo todo. Aí eu saí de casa, topei com meus amigos de novo e bebi mais.

— Bebeu mais? — Silvia arregalou os olhos, espantada.

— Pois é. Sei que fui um imbecil.

— Mas por quê? — aquela atitude não fazia o menor sentido para ela.

— Sei lá, bateu vontade... Eu estava de ressaca e disseram que beber mais um pouco me faria sentir melhor.

Ela balançou a cabeça, desaprovando a atitude dele.

— Eu não vou ficar pagando sermão pra você, Guilherme. Você já é dono do próprio nariz e eu não tenho autoridade nenhuma sobre sua vida. A única coisa que sei é que beber desse jeito não traz benefício nenhum e que o alcoolismo começa justamente assim, uma balada aqui, outra ali. Quando a pessoa percebe, está bebendo todos os dias.

— Alcoolismo? Está louca? — ele riu. — Foi só uma bebedeira.

— Duas.

— Está certo, duas. Não vai mais acontecer. Eu prometo.

— É sua vida. Faça dela o que quiser — ela balançou os ombros querendo mostrar indiferença.

Ele mordeu o lábio inferior.

— Sabe o que eu quero?

— Não faço a mínima ideia — disse ela, ainda enfezada.

— Que você passe a borracha nessa minha palhaçada e venha aqui me dar um beijo.

— Nem tudo se resolve com um beijo, Guilherme.

— Quer que eu me ajoelhe? — brincou ele. — Eu ajoelho.

Ele se ajoelhou no chão da sala.

— Pare com isso! — ela o puxou para cima.

Ele se levantou, abraçando-a, estreitando o corpo dela ao seu. Beijou o pescoço dela e os lábios, com desejo.

— Guilherme, minha mãe está no quarto. Pare com isso ou ela vai nos ouvir.

— Está bem — ele a soltou, levantando as mãos para o alto. — Vem, vamos dar o fora daqui.

— Para onde vamos? — ela perguntou, desconfiada.

— Calma — ele sorriu, carinhoso. — Só dar uma volta na orla. Nada de mais.

— É bom apagar esse fogo.

Ele sorriu de forma provocante e tomou a mão dela, conduzindo para fora de casa.

Por todo o caminho, Silvia ficou apreensiva. Ao olhar para ele, reconhecia o mesmo Guilherme dos verões anteriores, pelo qual havia se apaixonado. Contudo, algumas atitudes dele estavam estranhas e a faziam desconfiar do tipo de homem que ele estava se tornando. Será que era só uma fase?

Silvia ficou aliviada quando pararam diante de uma pizzaria.

— Há uma reserva em nome de Guilherme para duas pessoas — disse ele à recepcionista.

A mulher os conduziu à mesa e se acomodaram. Era um lugar para turistas, bem decorado, com música ambiente agradável e um cardápio repleto de pizzas tradicionais e exóticas.

— Esse lugar é legal — Silvia estava animada olhando o cardápio.

— Eu quis fazer uma surpresa.

Fizeram os pedidos ao garçom, que se afastou após deixar os refrigerantes sobre a mesa.

A garota olhou nos olhos de Guilherme. Ele estava de volta. O mesmo garoto romântico e apaixonado de antes.

— Você é tão linda! — disse, acariciando o rosto dela.

— Por um momento pensei que não gostasse mais de mim.

O rapaz pareceu levar um susto.

— Isso é impossível.

— Mas você está diferente.

Guilherme suspirou e recostou-se na cadeira.

— Não fica pensando só nas coisas erradas que eu faço. Lembre-se também das boas. As pessoas tendem a jogar no lixo tudo de bom que construíram em razão de uma decepção. Eu não sou perfeito. Se criar expectativas demais a respeito de alguém, sempre vai se decepcionar. E eu não quero te decepcionar, Silvia.

— O que está sugerindo? Que eu aceite tudo o que você fizer?

— Que você me ame, apesar de tudo. Pode brigar, ficar brava, me xingar. Podemos discutir, chorar e até gritar. Mas não deixe que isso afete o amor que você sente por mim.

— O que está me pedindo não existe. Se eu te magoar e fizer você sofrer é claro que você vai parar de me amar.

— Acha mesmo?

Ele a encarava com um olhar sincero.

— Acho — ela falou.

— Pois eu acho que nem que eu quisesse conseguiria deixar de amar você — disse ele.

— Por quê?

— Eu não te amo só pelo que você faz por mim ou comigo, Silvia. Eu te amo pelo que você é.

— Não consigo entender o que está querendo me explicar.

Neste momento, o garçom serviu a pizza e interromperam a conversa. Guilherme retomou o raciocínio quando o homem os deixou a sós.

— Eu só peço que não duvide mais de mim. Nunca. Quando eu digo que amo você, estou falando a verdade. Você é a mulher da minha vida, Silvia. Eu queria poder provar isso para você, mas não posso.

— Não precisa provar, eu acredito. Só que eu me preocupo com você, com o que está fazendo e com quem está andando...

— Eu sei.

— Se você sabe, então por que continua fazendo?

— Isso eu já não sei.

Ambos suspiraram. Silvia compreendeu que não adiantaria fazer um discurso para ele, tentando preveni-lo dos riscos que estava correndo. Guilherme sabia.

— Eu espero que você não vá tão longe nisso, Guilherme. Dependendo do caminho que você escolher, pode ser que não tenha volta.

Ele tomou alguns goles de refrigerante, sem responder nada. A pizza estava saborosa e, aos poucos, o clima tenso entre eles se desfez. Começaram a conversar sobre outros assuntos e num instante já estavam dando gargalhadas.

DIA RUIM

Guilherme acordou naquele dia com um mau pressentimento. Não acreditava muito nessas coisas e concluiu que a angústia que sentia deveria ser derivada de algum sonho que tivera durante a noite e não se lembrava mais. Às vezes, sonhava com a mãe e sentia-se assim ao despertar. Trabalhou bastante naquele dia e tais pensamentos e sentimentos se desvaneceram.

Silvia ficou na beira do mar com Rebeca, tomando sol. De vez em quando, ele ia até elas para dizer um alô. Um dos amigos dele passou pelo quiosque e lhe fez um convite inusitado. Guilherme ficou interessado, mas teve dúvidas se Silvia iria topar.

— Eu dou um jeito de ir — disse Guilherme.

— Ótimo, nos vemos à noite então — respondeu o jovem.

Não era só inusitado. Aquele convite era uma ideia sem juízo e arriscada. Por isso, a princípio Guilherme não revelou todo o plano a Silvia. Sabia que ela jamais concordaria. Eles desceram do carro de um dos garotos da turma e Guilherme segurou a mão de Silvia, conduzindo-a.

— Onde estamos indo? — perguntou ela, insegura.

— Você vai ver — respondeu ele, fazendo suspense.

— Guilherme...

— Calma, você está muito paranoica!

Ela não gostou da forma como ele falou, pareceu um pouco rude. Quando Guilherme estava próximo daqueles colegas ficava diferente, demonstrava menos carinho por Silvia e parecia querer mostrar para aqueles jovens que era um sujeito rebelde e "maluco".

Silvia não gostava de uma das garotas que estava com eles. Era a mesma que implicara com ela no luau. Silvia sentia ciúmes e podia afirmar piamente que ela dava em cima de Guilherme o tempo todo, mesmo estando com o atual namorado, um sujeito esguio e loiro que parecia estar sempre no mundo da lua. Havia ainda outros dois casais que vieram logo atrás, em outro carro.

Estavam em Cabo Frio, cidade vizinha. Os oito jovens seguiram uma rua pouco movimentada, que parecia contornar as dunas e chegaram a uma construção imponente. Parecia um hotel abandonado. O prédio era imenso e tudo estava escuro. Alguns vidros quebrados, muita sujeira e folhas secas.

— O que estão fazendo? Eu não vou entrar aí! — avisou Silvia, em tom bem baixo, puxando sua mão da de Guilherme.

— Qual é, Silvia, vamos! Vai ser legal — incentivou Guilherme.

Ele deu a mão para ela novamente, puxando-a para dentro do prédio. O grupo entrou, falando baixo e dando risadas. Acenderam as lanternas e se espalharam, para explorar o lugar. Um deles soltou um grito de euforia, que ecoou por todos os lados. O coração de Silvia batia rápido e, em silêncio, ela segurava forte o braço de Guilherme. Havia um cheiro intenso de maresia e uma grossa camada de poeira cobria o chão, as janelas e os poucos móveis que ainda restavam por ali. A luz da lua entrava tímida pelos vidros e frestas.

— Não é legal?! Esse hotel devia ser movimentado — comentou Guilherme.

— Eu estou com medo — confessou ela.

— Medo? De quê?

— Não sei, pode ter bandidos escondidos e eu não gosto de escuro.

— Tem medo de fantasmas? — ele indagou.

— Tenho.

Guilherme riu dela, fazendo-a sentir-se ridicularizada.

— Você é muito criança mesmo! Fantasmas, Silvia? Qual é! — debochou ele.

Ela soltou o braço dele, com raiva pelo modo como ele a estava tratando. Queria ir embora, mas ao olhar atrás de si, o escuro tomara conta de tudo e ela não teria coragem de voltar sozinha. Não queria ser chata e nem cortar o barato de Guilherme e seus amigos, mas arrependera-se profundamente de ter entrado naquele lugar com eles. Seu medo a dominava.

Subiram alguns degraus, Guilherme iluminava o caminho com a lanterna.

— Cuidado, as tábuas podem estar quebradas — alertou ele.

Subiram devagar. Um longo corredor se estendeu à frente do grupo, com muitas portas. Algumas abertas, outras fechadas.

— Guilherme, pelo amor de Deus, vamos embora daqui, isso parece cena de filme de terror — desesperou-se Silvia.

— Isso é muito doido, veja quantos quartos! — ele ficou animado.

— Vamos embora! — suplicou ela mais uma vez.

Ele parecia não lhe dar ouvidos.

— Não seja chata, Silvia, não tem ninguém aqui além de nós.

Ele estava agindo como um babaca, tratando-a mal e sendo grosseiro. Será que estava com raiva dela por algum motivo?

— Guilherme, Silvia, olhem isso! — chamou um dos amigos dele.

Era um amplo salão, com mesas e cadeiras cheias de teias de aranha.

Os jovens ficaram impressionados:

— Deve ser o restaurante — um deles comentou.

— Olha quantas mesas! — exclamou outro.

— As janelas dão vista para o mar. Mesmo velho e empoeirado, ainda assim é bonito — uma das garotas estava admirada.

Um amor de muitos verões

Silvia olhou pelas janelas. A visão que tinha da praia e do mar, em meio à escuridão da noite, fez com que ela se lembrasse de cenas descritas por Jorge Amado em seus livros. Por alguns instantes, ela se esqueceu do medo que sentia, substituindo-o pela curiosidade de ver algo mais surgir na superfície das ondas negras e prateadas.

— Vem, Silvia! — chamou Guilherme pela terceira vez.

Ela voltou a si e olhou para trás, todos já tinham saído do salão e Guilherme fazia gestos com a lanterna, convidando-a a segui-lo. Silvia correu em sua direção.

— O que houve?

— Parece que escutamos um barulho.

— Um barulho? — exasperou-se ela.

— Deve ser o vigia. Vamos!

Desceram as escadas correndo, mas antes que chegassem ao fim dos degraus, uma das garotas soltou um berro.

— Aaaaaah!

— O que foi? — o grupo gritou quase de maneira unânime.

A moça estava eufórica.

— Não é vigia nenhum, é o Cláudio, gente!

Todos cumprimentaram o recém-chegado e subiram novamente as escadas, voltando para o corredor.

— E aí, Cláudio?! Que susto você nos deu!

— Nem esperaram por mim, hein, galera! Seus amigos da onça!

— Poxa, cara, você não deu certeza se viria.

— Não tem problema, mesmo assim eu trouxe a alegria da festa! — disse ele, tirando da mochila uma garrafa de vinho.

Todos vibraram, exceto Silvia. Voltaram para o restaurante e foram sentando nas cadeiras e poltronas empoeiradas espalhadas por ali, arrastando os móveis para ficarem mais próximos uns dos outros. Fora Cláudio, todos os outros estavam com suas namoradas. Eram quatro casais ao todo, contando com Guilherme e Silvia. Cláudio abriu a garrafa, tomou um pouco e rodou para a galera. Um casal começou a se beijar e se abraçar de forma mais íntima em um dos sofás. Ao chegar a sua vez, Guilherme recusou a garrafa de vinho, repassando-a para Cláudio, que o questionou:

— O que foi, Gui?

— Nada.

— Não vai beber?

— Não estou afim.

— Está querendo pagar de bom moço? — caçoou Cláudio.

— Ele já está de cabeça feita! — satirizou outro rapaz.

Silvia não entendeu muito bem o comentário, mas nada perguntou. Ficou agradecida por Guilherme cumprir a promessa de não beber quando estivessem juntos e, na verdade, só pensava em ir para casa. Estava tensa e tinha o pressentimento de que aquela noite não terminaria bem. Olhou no relógio, certificando-se de que estava dentro do horário combinado com a mãe. Permaneceu em silêncio, sentada ao lado de Guilherme em uma das poltronas. Guilherme a beijou e ela correspondeu, mas o beijo dele se prolongou e se tornou mais intenso. Ela abriu os olhos, observando ao redor. Ninguém olhava para eles. Mesmo assim sentia-se desconfortável com aquela situação. Guilherme se debruçou sobre ela, pegando em suas costas e deslizando uma das mãos pela sua cintura, até chegar no quadril. Ela encerrou o beijo e segurou a mão dele, sussurrando:

— Pare com isso!

— Parei, parei, foi mal — resmungou ele, endireitando o corpo.

Um dos meninos tirou da mochila um spray de tinta, levantou-se e começou a escrever nas paredes compartilhando o spray com outro colega. Silvia arregalou os olhos, não sabia o que dizer. Tinha certeza de que aquilo era um crime e, mesmo sendo feito em uma propriedade aparentemente abandonada, ela não tinha dúvidas de que aquela era uma brincadeira bem errada. Estava no lugar errado, na hora errada, com as pessoas erradas... Mas estava com Guilherme. Confiava nele. Já havia compartilhado tanta coisa com ele em todo aquele tempo em que se conheciam. *Por que será que ele estava agindo daquela forma? Por que estava sendo um babaca?* Ele não era aquela pessoa, estava diferente. Sempre fora um garoto ajuizado, responsável, longe de ser considerado "certinho", mas era um homem de respeito. *O que estava acontecendo com ele? Será que aqueles amigos estavam bagunçando sua cabeça?* Isso não era desculpa. Ele era inteligente o suficiente para não se deixar influenciar ou manipular. Ele estava escolhendo aquilo tudo. Mas Silvia não via graça em nada daquilo, seu conceito de diversão era bem diferente do conceito daqueles jovens.

Ela suspirou, triste, chegou a fechar os olhos por alguns segundos sentindo falta dos momentos gostosos daquele amor de verão. Um amor de muitos verões. Um amor que já durava mais de dois anos, cuja chama não se apagara em nenhum momento. Chama esta que por três vezes, em três janeiros, fora acrescida de mais brasas, ardendo no coração daqueles dois jovens apaixonados, em seus encontros e reencontros de verão. Silvia sentia um aperto no peito, porque aquela chama começava a perder seu brilho e o seu calor. Um abismo estava se abrindo entre Silvia e Guilherme e, por mais que ela quisesse evitá-lo, contorná-lo, vencê-lo, ele, por sua vez, não parecia estar disposto a abrir mão do que estava os separando. Na verdade, Guilherme nem parecia se dar conta do que estava acontecendo.

Em silêncio, perdida nesses pensamentos, a garota sentiu um cheiro estranho e viu que Cláudio havia acendido um cigarro. Silvia assustou-se. Não era um cigarro comum. Ela sabia o que era aquilo. Ficou inerte, sem saber como agir. Não queria fazer papel de boba, horrorizando-se por causa de um simples baseado, algo que para aqueles jovens era uma coisa comum. Ao mesmo tempo, pensou em sua mãe e em como tudo aquilo a magoaria e a faria perder a confiança na filha.

Olhou para Guilherme, que nem por um momento demonstrou estar preocupado com ela ou com o que iria pensar. Ele estava em meio aos amigos, se divertindo e o único peixe fora d'água era ela. Mais uma vez, ele estava fazendo-a sentir-se deslocada e parecia não dar a mínima para o que pensava. Silvia balançou a cabeça discretamente, para si mesma, repreendendo-se. A errada era ela de ainda estar ali, deveria ter ido embora há muito tempo, ou melhor, nem deveria ter entrado naquele lugar. Quando o cigarro começou a circular entre os jovens e o cheiro da maconha se espalhou pelo ambiente, Silvia não teve dúvidas de que tinha de sair dali imediatamente.

— Eu vou embora! — decretou ela, levantando-se.

— O quê? Por quê? — surpreendeu-se Guilherme.

— Qual é, gata, fica aí e relaxa! — disse Cláudio.

— Não posso, preciso mesmo ir. Foi um prazer conhecê-los — ela tentou ser educada.

— Eu duvido! — satirizou a garota do luau.

— O que foi, nunca viu maconha na sua vida? — riu Cláudio.

— Eu... só preciso ir — repetiu ela.

— Qual é, Silvia, não tem nada de mais — amenizou Guilherme.

— Não corta o barato do Guilherme, mineira, não vê que ele está curtindo?

— O Guilherme não está grudado em mim! — vociferou ela por fim, dando as costas para eles.

— Namoradinha chata essa que você foi arrumar, hein, Guilherme! Menina mais careta! — criticou a garota implicante.

— Cale a boca! — Guilherme rebateu.

— Deixa ela ir, fica aqui com os seus amigos — sugeriu ela.

Furiosa, Silvia não se conteve, deu meia volta e falou energicamente:

— Amigos? Desde quando isso é amizade? Amigos não invadem uma propriedade privada juntos para pixar paredes, transar e usar drogas. Aposto que se a polícia chegasse aqui, seria cada um por si, tentando fugir e se safar. Ninguém se preocuparia com ninguém. Não se esqueçam de que nem todos vocês são menores de idade como eu. Se forem presos, vão para a cadeia e terão de ter dinheiro para pagar a fiança. Isso se, dentro dessas mochilas, não tiver mais drogas escondidas, porque aí podem ser considerados traficantes e, com certeza, o buraco será bem mais embaixo. Não desejo isso pra você, Guilherme, porque eu te amo e sou realmente sua amiga, mas você é livre e faz o que quiser. Me desculpem se estou cortando o barato de alguém, mas eu sou mesmo uma careta e nesse momento eu só consigo pensar na minha mãe me esperando chegar para dormir. Eu não deveria ter vindo, foi um erro, não vai mais se repetir.

Silvia saiu sem olhar para trás e, assim que chegou ao corredor, disparou a correr em direção à saída, aborrecida com a situação e apavorada por causa do escuro. Estava chateada pelo papelão que havia feito na frente de Guilherme e pela atitude dele em relação a ela e seus amigos. Não parecia o mesmo rapaz que conhecia. Ele sempre fora atencioso e educado, mas agora estava estranho e seus interesses estavam conturbados.

— Silvia! — chamou Guilherme enquanto ela descia os degraus.

As palavras dela borbulhavam na mente dele. Ela estava certa. Ele tinha dezenove anos, não podia vacilar. Aquilo que estavam fazendo era mais sério do que pensavam e as consequências poderiam ser desastrosas. Pensou em seu pai e no quanto ficaria decepcionado se ele fosse preso. Aparentemente, seus amigos também caíram na real e sentiram-se amedrontados pela situação.

— É melhor irmos embora, a mineira está certa. Não foi uma boa ideia virmos até aqui. Estamos drogados e flagrados, seria um desastre se a polícia nos pegasse — considerou Cláudio.

— Vamos dar o fora daqui — disse outro rapaz, apagando o baseado.

Com o coração apertado, Guilherme a chamava insistentemente, seguindo-a.

— Silvia, espera!

De repente, Guilherme ouviu um grito de Silvia, seguido por um grande estrondo. Um dos degraus havia se rompido e ela virou o pé, perdendo o equilíbrio e rolando escada abaixo.

— Silvia! Meu Deus! — Guilherme correu para a escada, iluminando o caminho com a lanterna.

A garota estava no chão e, em milésimos de segundos, ele já estava ao lado dela, agachado.

— Meu amor, você está bem? — desesperou-se ele, com os olhos cheios de lágrimas. — Fala comigo! — suplicou, iluminando o rosto dela.

Ela não conseguia falar devido à intensa dor que sentia no tornozelo.

— Ai... — foi a única coisa que Guilherme conseguiu ouvir dela.

Silvia segurava o tornozelo, apertando os olhos e contorcendo-se de dor.

— Meu Deus, você se machucou, deve ter torcido o tornozelo. Fala comigo, se feriu em mais algum lugar? Silvia!

— Não... Acho que não... — gemeu ela, com esforço.

A dor era lancinante e ela, mesmo tentando ser forte, não conseguia se controlar. Os outros, ouvindo o barulho, correram para junto deles.

— O que houve?

— Ela caiu da escada — Guilherme estava agitado. — Precisamos levá-la ao hospital!

— Temos de sair daqui, esse lugar está sinistro — um dos rapazes apertou o passo.

— Esse papo de polícia me deu calafrios — a garota que estava com ele comentou.

Guilherme carregou Silvia em seus braços e saiu do hotel. Seus amigos também. Ele andava depressa em direção ao carro, mas os colegas foram mais rápidos e entraram nos veículos, partindo antes que ele pudesse entrar também.

— Voltem aqui! O que estão fazendo? Cretinos! Precisamos levá-la ao hospital. Voltem aqui! — ele gritava, embasbacado.

Os dois carros desapareceram de vista e ele ficou no meio da rua, como um imbecil, com sua namorada ferida nos braços. Cláudio parou ao seu lado.

— O que houve? Onde foram?

— Fugiram. Filhos da mãe! Não acredito!

— Vem, eu estou de carro, levo vocês ao hospital.

Guilherme mal conhecia aquele rapaz, mas não tinha alternativa. Conseguir um táxi onde estavam, àquela hora, seria praticamente impossível.

— Silvia, calma, estamos chegando. Vai dar tudo certo, meu amor.

Guilherme segurava a mão dela e acariciava seu rosto. Chegaram ao hospital e Guilherme carregou-a até a sala de espera.

— Estou liberado? — perguntou Cláudio.

— Sim, valeu, te devo uma.

— Deve nada, isso é o mínimo que eu posso fazer. Ela parece ser uma garota legal e gosta mesmo de você. Vê se não estraga tudo com ela, hein? Você está entrando por um caminho que não tem volta. Sei isso por experiência própria. Sai fora enquanto é tempo.

Guilherme apertou a mão de Cláudio e se dirigiu à recepção para pedir atendimento para Silvia.

Fora péssimo ter de ligar para Rebeca e contar que Silvia havia se ferido. Ele tentou ser o mais brando possível, para não assustá-la demais. Deixou a história para Silvia contar, não sabia se ela falaria a verdade ou inventaria alguma mentira. Para variar, ela falou a verdade para a mãe, omitindo a parte das bebidas e das drogas. Só o fato de terem invadido um prédio vazio e abandonado já era motivo de espanto para Rebeca.

— Onde estavam com a cabeça? Poderia haver bandidos, estupradores lá dentro, gente muito ruim. Meu Deus, que ideia maluca! Lugares assim costumam estar caindo aos pedaços, uma parede ou o teto podem ceder, cair sobre vocês, você poderia ter batido a cabeça, minha filha! Puxa vida!

Silvia permanecia calada, ligada ao soro com analgésicos, o pé estava com tala e enfaixado. Ela sentia muita dor e algumas lágrimas lhe escapuliam. Guilherme estava de cabeça baixa, envergonhado, preocupado.

— Me perdoe, Rebeca, por favor, a culpa foi toda minha. Ela não queria ir, mas eu insisti. Não pensei nas consequências, foi uma burrice — disse ele.

— Conheço você há algum tempo, Guilherme, e sei que gosta dela e a respeita. Considerarei isso uma burrice, como você mesmo disse, mas que não se repita. Não quero minha filha nessas aventuras. Isso não é correto.

— Sim, senhora, tem toda a razão, não vai se repetir.

— Eu vou lá fora resolver algumas coisas e conversar com o médico — informou Rebeca, muito aborrecida.

Quando Rebeca saiu do quarto, Guilherme se aproximou de Silvia, que estava com os olhos fechados.

— Silvia...

Ela abriu os olhos, encarando-o.

— Me perdoa — implorou ele.

Ela começou a chorar com mais intensidade. Ele não conseguiu se conter, chorando também.

- Por que você está me tratando assim, Guilherme? Eu fiz alguma coisa errada?

— Você não fez nada, de onde tirou essa ideia?

— Você foi rude comigo esta noite e também em outras ocasiões. Me tratou mal na frente dos seus colegas.

— Quando? Não... Foi sem querer.

— Puxa, eu pensei que esse verão seria o melhor de todos, mas...

— Silvia, por favor, me perdoe — ele segurou a mão dela. — Eu estou sendo um idiota, a culpa não é sua. Eu estou forçando a barra para você juntar-se à minha turma, queria que você gostasse deles e se divertisse com a gente.

— Chama aquilo de diversão? Como posso me juntar a eles, se tudo o que fazem é te prejudicar?

— Eu sei, isso ficou claro pra mim depois que nos abandonaram lá no meio da rua.

— São uns covardes. Eu sabia!

— Meu amor, me desculpa, você sabe que eu te amo, sabe que você é o meu amor, é a minha gata. Eu nunca faria nada para te magoar intencionalmente. Você veio de tão longe só para ficar comigo, não desiste de mim. Esquece minhas burradas. Vamos aproveitar o resto do verão só nós dois.

— Aproveitar o quê, Guilherme? Meu tornozelo está quebrado, o médico disse que talvez seja necessária uma cirurgia, terei de ir a um especialista.

— O quê?

— Vou ter de ir embora para Belo Horizonte, porque aqui meu convênio só atende emergência.

Guilherme sentou-se na cadeira ao lado da cama, desolado.

— Minha mãe falou que vai ver se consegue passagem para amanhã ou depois. Vamos embora.

— Mas vocês iam ficar mais uma semana.

— Pois é... Agora já era!

Ele ficou em silêncio, tentando controlar as lágrimas. Sua vontade era de gritar e bater em alguém, encontrar algum culpado para aquela tragédia. Contudo, o culpado era ele mesmo. Rebeca retornou ao quarto e pelo olhar dela, Guilherme sabia que era hora de ele ir embora.

— Eu gostaria de ficar e fazer companhia para vocês — declarou o garoto.

— Não é necessário. Já é madrugada, vá para casa. Amanhã teremos mais notícias. Se tudo der certo, Silvia terá alta pela manhã ou no início da tarde. Mas, infelizmente, teremos de ir embora para Belo Horizonte para seguir o tratamento — informou Rebeca, tentando não ser rude.

— Boa noite — despediu-se ele antes de sair.

— Boa noite, Guilherme — respondeu Rebeca.

Silvia ficou em silêncio, de olhos fechados.

Guilherme queria chegar logo em casa. Desejava que seu pai estivesse na casa da Dora, pois queria ficar sozinho. Sentia-se frustrado e com muita raiva de si e daqueles covardes de uma figa. Caminhava depressa, com o semblante carregado, e ao passar pela orla, viu seus amigos em meio a um grupo maior. Os mesmos amigos que há algumas horas abandonaram-no com Silvia ferida em seus braços. Eles se abraçavam, riam alto, bebiam cerveja. Ele não pensou duas vezes antes de se aproximar deles. Quando o viram, dois deles já se armaram, pois Guilherme parecia furioso.

— Por que me deixaram para trás? — questionou ele, empurrando o peito do rapaz que dirigia o carro em que ele e Silvia estavam.

— Ah, qual é, queria que eu ficasse lá e arriscasse meu pescoço e o da minha namorada?

— Do que é que você está falando? — Guilherme indignou-se.

— Tava todo mundo chapado, como é que eu ia chegar dirigindo lá no hospital, sempre cheio de guardas?!

Um amor de muitos verões

— Você é um imbecil! — Guilherme gritou. — Ela estava ferida, se não fosse o Cláudio eu teria de andar com ela nos braços até o hospital.

— Ah, qual é, Gui. Pura frescura! Aquela sua namoradinha é muito chata! Tava fazendo ceninha.

Guilherme perdeu a cabeça e avançou em cima do rapaz, esmurrando-o no rosto. Os dois brigaram entre si até que a turma separou.

— Seu filho da mãe! Cale essa boca! Não fale da Silvia! Nem pense em abrir essa boca para falar mais alguma coisa dela!

— Calma, Guilherme, o cara está chapado, deixa ele pra lá! — um dos rapazes tentava apaziguar.

— Me soltem! Babacas! — disse Guilherme, consertando sua blusa e indo embora.

Todos se entreolharam, alguns não sabiam ao certo o motivo da briga. Os que sabiam, ficaram quietos, pois não queriam confusão com Guilherme.

Ao chegar em casa, ele ficou grato por estar sozinho, deu um soco na porta de seu quarto e chorou tudo o que estava engasgado, sem se importar de ser ridicularizado. Havia perdido Silvia. Ele sabia disso. Estava tudo acabado.

Silvia foi embora com Rebeca no dia seguinte. De muletas, ela tentava se equilibrar, sem encostar o pé ferido no chão. Guilherme as acompanhou até a rodoviária. Ele ajudou a colocar as malas no bagageiro e, em seguida, despediu-se de Rebeca.

— Rebeca, escuta, eu sinto muito pelo que aconteceu. Você não imagina o quanto eu estou arrependido. Eu amo a sua filha e faria de tudo para voltar no tempo. Foi tudo culpa minha, vocês duas confiaram em mim e eu pisei na bola. Não me odeie, por favor.

Rebeca sabia que Guilherme gostava muito de Silvia. Ela não tinha raiva dele, fora um incidente chato, uma irresponsabilidade, mas ele era um bom rapaz.

— Guilherme, não conheci você ontem. Sei bem que é um bom garoto e que gosta muito da minha filha. Se eu não gostasse de você e não confiasse em você, não teria trazido a Silvia novamente até Arraial. Foi um acidente. Ela vai ficar bem. Graças a Deus, não aconteceu nada mais grave.

— Deus me livre!

— Pois é, mas pense bem, meu filho, você é um rapaz ajuizado, responsável, trabalhador, de família. Tome cuidado com quem você anda. Sempre falo isso para a Silvia. É verdade que não podemos culpar ninguém pelas nossas próprias escolhas, mas é verdade também que quando estamos em turma, fazemos coisas, que sozinhos não teríamos coragem. Eu gosto muito de você e desejo o seu bem. Quero que se torne um homem brilhante. Você tem muito potencial. Não o desperdice com bobagens.

Guilherme manteve a cabeça baixa.

— Vem cá, me dê um abraço — disse Rebeca, abraçando-o. — Não sei quando o verei de novo. No próximo mês de janeiro provavelmente não viremos, pois a Silvia estará fazendo vestibular. Mantenha contato, deixe-nos saber se você está bem.

— Sim, senhora.

Rebeca subiu no ônibus, acenando. Guilherme se aproximou de Silvia, que estava com um semblante bem chateado.

— Ainda está brava comigo?

— Não... Quer dizer, um pouco... Eu não queria ir embora.

— Eu sei, também não queria que fosse.

— Tenho a sensação de que não vamos nos ver nunca mais.

— Não diga isso! — ele sentiu um frio na espinha.

— Me desculpa se eu fiz você passar vergonha diante dos seus amigos.

— Não, Silvia, você não fez — ele segurou o rosto dela com carinho. — Estava certa, você me ama e sempre quer o meu bem. Eles não são meus amigos. Você é.

Silvia o abraçou forte e ele correspondeu.

— Promete que não vai me esquecer? — ela sorriu ternamente.

— Nunca, é impossível.

— Mesmo se você se apaixonar de novo, se você se casar com outra. Vai lembrar de mim com carinho?

— Eu prometo.

— Eu também não vou me esquecer de você.

— Mas vamos manter contato, mesmo se não vier no próximo verão, pode vir em outra época...

— É...

— E eu também posso ir visitar você.

Ela sorriu, suspirando.

— Eu amo você — declarou ele.

— Eu também te amo — ela sorriu, apaixonada.

Eles se beijaram longamente, abraçando-se, as lágrimas não paravam de cair.

— Se você não voltar para ficar comigo, não sei o que vai ser da minha vida. Por mais que eu conheça outra garota e ame de novo, nada vai superar o que nós tivemos. Nenhuma mulher será melhor do que você — Guilherme nunca havia se sentido tão triste até aquele momento.

Ela baixou a cabeça, não sabia o que dizer.

— Case-se comigo, Silvia — propôs Guilherme, de repente.

Ela o olhou, surpreendida.

— Casar?

— Sim, case-se comigo. Vá, termine seus estudos e volte para se casar comigo. Logo será maior de idade, poderá fazer o que quiser.

— Não posso me casar com 18 anos, Guilherme.

— E por que não?

— Somos muito jovens, o que sabemos sobre viver sozinhos e independentes?

— Eu trabalho, vivo praticamente sozinho, sou bastante independente. Eu vou te ensinar, vou te ajudar. Vou cuidar de você. Não deixarei nada te faltar, eu prometo.

— Minha preocupação não são os bens materiais, Guilherme. Meus pais nunca permitirão que eu me case assim, de repente. Seria loucura!

— Nós nos amamos. Eu tenho um emprego e uma casa. Do que mais precisamos?

Silvia queria muito dizer sim, mas sabia que era um sonho impossível. Sua mãe e seu pai jamais consentiriam aquele casamento repentino. Havia os planos para a faculdade, para que Silvia pudesse ter uma profissão. Havia o fato dela ter apenas 17 anos. Ela sabia que o pedido de Guilherme era sincero, mas sabia também que era precipitado.

— Ah, Guilherme, como eu queria que isso pudesse acontecer, mas é impossível.

Ele se calou. Silvia jamais passaria por cima da mãe para casar-se daquela maneira louca. Por isso, Guilherme apenas a abraçou, dizendo adeus ao amor de sua vida.

EPÍLOGO

Guilherme saiu cedo de casa. Queria caminhar na praia para tentar voltar ao normal e esquecer de vez aquela mulher. Amava-a há 16 anos e nesse tempo todo, o que mais fizera foi esperar por ela, esperar e esperar... Sentia-se desanimado... Mais desanimado do que nunca.

Quando ela foi embora para resolver os problemas do divórcio, depois da última noite em que jantaram juntos, seu coração tinha a certeza de que a história deles havia chegado ao fim. Talvez a história deles tivesse terminado muito antes, quanto ela ainda era uma garota de 17 anos, que saíra de Arraial do Cabo com o tornozelo quebrado e ele, também muito jovem, ficara com o coração partido.

Mas ela havia voltado doze anos depois e o amor que ele sentia reacendeu, embora nunca tivesse se apagado por completo. Ele tentou ajudá-la a superar toda aquela mágoa que o ex-marido havia lhe causado, mas não conseguiu ser bem-sucedido. E, então, ela foi embora de novo, partindo seu coração mais uma vez.

Prometeu a si mesmo que não sofreria mais por Silvia e se conformaria de uma vez por todas que jamais a teria como esposa. Seguiu em frente com sua vida, seu restaurante, tentou se apaixonar de novo. Deus havia preenchido o vazio em seu peito e ele entendeu que não importava os desertos que precisaria atravessar, Deus sempre estaria com ele.

Depois de quase dois anos sem se falarem, ele não esperava que fosse ouvir a voz de Silvia novamente. Ela era livre para fazer suas escolhas e estava claro que, qualquer que fosse a escolha que tinha feito, não incluíra Guilherme. Ele já não pensava nela como antes, mas seu coração ainda batia mais forte quando se lembrava de todos os verões que passaram juntos. Para Guilherme, aquelas lembranças eram boas, faziam-no sorrir e sentir saudades. Contudo, se sentia inteiro. Silvia já não era o alicerce de sua felicidade.

Foi com um telefonema que ela conseguiu fazer o chão sacudir novamente sob os seus pés.

Na noite anterior Guilherme estava em seu restaurante, distraído, olhando alguns papéis, quando o telefone tocou.

— Patrão, é para o senhor.

— Quem é?

— Disse que é uma amiga sua, o nome é Silvia.

Guilherme tremeu ao ouvir aquele nome. Suas pernas ficaram bambas e sua boca secou. Aquela era a mesma reação que ela sempre lhe causava. Tudo o que ele havia concluído caíra por terra. O amor que sentia por aquela mulher voltou a arder em seu coração e parecia que iria explodir dentro de seu peito, de tanta saudade que sentia dela. Amava-a com todas as suas forças e suspirou por não saber mais o que fazer para esquecê-la.

Pensou em negar-se a atender a chamada, mas o que ele mais queria naquele momento era ouvir a voz dela. Segurou o telefone em suas mãos e apoiou-se na bancada, tentando criar forças para ouvir o que ela tinha para lhe dizer. Provavelmente era um telefonema amigo, mas ele não queria mais ser amigo dela. Se não podia tê-la como mulher, não queria tê-la de forma alguma.

Seria em vão tentar esquecê-la. Há anos tentava esquecer aquela mulher e quanto mais tentava, mais a amava e mais se lembrava dela como se ela fosse a mulher de sua vida. Sabia que aquela história de alma gêmea não existia, tinha plena certeza de que Silvia e ele não tinham nascido um para o outro. Apenas se conheceram por acaso, se beijaram... e ele a amava.

— Tudo bem, chefe? — o rapaz percebeu a tensão do patrão.

— Sim, tudo bem — Guilherme respirou fundo. — Alô.

— Guilherme...

— Silvia...

— Eu... Você... Está tudo bem? — ela perguntou.

— Sim. Tudo bem. E você? — Guilherme tentava parecer natural, mas era quase impossível.

— Estou bem.

— Isso é bom, muito bom.

Ele estava pouco entusiasmado, não era intencional, mas o fato é que ele não tinha o que dizer. Afinal, ela tinha telefonado!

— Você está ocupado? Pode falar? Eu posso ligar outra hora.

— Eu nunca estou ocupado para você, Silvia. Pode dizer.

Ele nunca perdia o romantismo e a sinceridade, que, às vezes, deixava Silvia desconcertada.

— Você recebeu minha carta, depois que eu fui embora?

— Sim, ainda a tenho guardada, junto com todas as outras.

— Não me respondeu... — a voz dela sooou pesarosa.

— Não havia o que responder, Silvia, você me deixou livre para seguir o meu caminho, tentei seguir o seu conselho.

— E conseguiu? — ela ousou perguntar.

Ele deu um profundo suspiro antes de falar:

— Em partes. Minha vida não mudou muito depois que você foi embora, tanto que me encontrou aqui, no restaurante. Mas estou consolidado no mercado. Graças a Deus, os negócios andam bem. Meu pai ainda não se casou, continua enrolado com a Dora e os dois mantêm o quiosque.

— O que mais? — ela o interrompeu.

— Como assim, "o que mais"? — ele franziu o cenho.

— Você sabe.

Um amor de muitos verões

— Você disse que não gostava de indiretas.
— Você está com alguém?
Guilherme sentiu uma sensação quente no coração. *Para que ela queria saber aquela informação?*
— Por que quer saber? — ele ficou curioso.
— Responde.
— Depende do ponto de vista.
Ela ficou em silêncio. *Que tipo de resposta era aquela?*
— Você se casou? — ela perguntou.
— Não.
Ela parecia hesitar.
— Eu... não sei como lhe falar isso...
Guilherme ficou apreensivo. Tentava imaginar o que exatamente ela queria lhe dizer. *Será que ela iria se casar de novo? Será que tinha se apaixonado novamente e estava ligando para convidá-lo para a cerimônia?* Ela não seria tão má assim.
— Apenas fale — ele incentivou.
Ela ficou alguns segundos em silêncio.
— Você ainda... me quer?
— Está de brincadeira comigo? — o coração dele disparou.
— Não, não é brincadeira nenhuma.
— Eu sempre quis você, Silvia.
— Não falo de sempre, estou falando de agora. Você ainda me quer? Ainda me ama, me deseja? Está livre?
— Você está?
— Sim. Quer dizer, mais ou menos. Aconteceram muitas coisas desde a última vez que nos falamos. Preciso te contar uma coisa.
— Fale.
— Não. Precisa ser pessoalmente. Mas eu queria conversar primeiro pelo telefone, pois não sou tão pretensiosa a ponto de achar que eu posso chegar aí quando quiser e pedir um beijo pra você.

— Um beijo só não me basta.

— Não foi o que eu quis dizer.

— Então diz logo, porque eu não estou entendendo nada — ele ficou impaciente.

— Eu vou para Arraial e a gente conversa pessoalmente. Pode ser? Aí eu te conto tudo e você decide se ainda assim quer ficar comigo ou não.

— Quando virá?

— Eu procuro por você, não se preocupe.

Sempre a esperar, esperar e esperar...

— Silvia, eu... — ele sentiu-se contrariado, mas não havia nada que pudesse fazer. — Tudo bem, venha, estarei esperando para conversarmos.

— Está bem, até mais.

— Até.

Quando acordou na manhã seguinte, preparou-se para seu exercício matinal. Queria se distrair e suar um pouco. Sentia-se desanimado e tenso, por isso não conseguiu se dedicar muito ao que estava fazendo. Corria moderadamente. Foi perdendo a velocidade e passou a caminhar. Faltavam-lhe forças e os pensamentos lhe sugavam toda a energia. Caminhou lentamente, deixando as ondas molharem seus pés. Pensou em voltar para casa, aquele exercício já estava perdido. Mas continuou caminhando até se afastar das pessoas. Precisava colocar a cabeça em ordem para poder iniciar seu dia de trabalho. *Que telefonema fora aquele? Por que ela havia deixado tudo no ar?* Ao mesmo tempo que lhe perguntara se ele ainda a queria, havia dito que não estava completamente livre... *Quais eram as intenções de Silvia, afinal?*

Andando bem devagar, Guilherme desviou os olhos do mar e olhou para frente, decidindo até que ponto caminharia antes de retornar. Como se levasse um baque, parou de repente, seu corpo estremeceu e suas pernas enrijeceram. Ele não podia acreditar, devia estar ficando louco. O ar lhe faltou por um instante e teve de respirar fundo para recuperar o fôlego.

Havia uma mulher, ajoelhada na areia, sentada sob os calcanhares, na beira da água, usando um maiô verde e um chapéu de praia, enquanto os cabelos compridos estavam presos em uma trança. Era Silvia. Ele a reconheceria de longe, onde estivesse, mesmo em meio a uma multidão.

Como ela era linda! Parecia muito feliz. Mas ela não estava sozinha. Guilherme observou por um breve momento para ter a certeza de que aqueles dois estavam realmente juntos. Poderia ser apenas alguém que ela tinha conhecido ali, naquele momento. Mas eles se abraçaram, um abraço bem gostoso, e ele deu um beijinho no rosto dela. Silvia sorriu e ele correu para a água novamente, molhando os pezinhos.

Guilherme sorriu e seus olhos se encheram de água. Aqueles dois certamente tinham nascido um para o outro. Ele sentiu ternura, ficou feliz porque Silvia estava feliz. Caminhou em direção a eles. Ela virou o rosto, percebendo que alguém se aproximava. Ficou séria ao ver que era Guilherme e se levantou. De mãos dadas, os dois se aproximaram dele. Silvia e Guilherme sorriram um para o outro.

— Você não fica velho, não é? — disse ela.

— E você está cada vez mais bonita — ele respondeu.

— Este é o Arthur.

Guilherme sorriu e agachou-se.

— Olá, Arthur, como vai?

O garotinho segurou mais forte a mão de Silvia e escondeu-se atrás das pernas dela.

— Este é um amigo da mamãe, Arthur, conversa com ele.

— Quantos anos você tem, Arthur?

O garoto mostrou dois dedinhos gordinhos.

— Dois?

— Ele já está quase fazendo três, estamos organizando uma festa. Convida ele para a sua festa, Arthur.

— Você vai "na" minha festa? — convidou o garoto, de uma maneira gostosa que só os bebês sabem falar.

— Claro que eu vou. Vai ter bolo? — Guilherme tentava puxar papo.

— Claro! De chocolate e "mulango".

— Eu amo bolo de chocolate e morango.

Guilherme se levantou e olhou nos olhos de Silvia.

— Ele é lindo.

— Sim. Ele está há sete meses comigo. Esperei quase um ano.

— Até que não demorou muito.

— Não... Quase o tempo de uma gestação.

— Ele é seu para sempre?

— Sim. Tudo dentro da lei. Passei por todo o processo de adoção.

Guilherme observou o garoto.

— Só de vê-los juntos, tenho a certeza de que você será a melhor mãe do mundo.

— É mais difícil do que eu pensava, e muito melhor do que eu poderia imaginar.

Ficaram algum tempo em silêncio, observando o garoto brincar com a água e correr na areia.

— É a primeira vez dele na praia?

— Acho que sim — afirmou ela.

Guilherme mordeu os lábios e a fitou nos olhos.

— Por que me ligou ontem?

— Eu queria te dizer que eu estava aqui — declarou Silvia.

— E porque não disse?

— Tive medo.

— Medo? ele franziu o semblante.

Um amor de muitos verões

— De você estar bem, casado, namorando... Eu não queria atrapalhar.

— Mas você ligou.

— Você foi frio comigo. Eu entendi que estava sendo inconveniente. Certamente, você está com alguém e eu...

— Eu não estou com ninguém — ele a interrompeu.

— Não? — ela se alegrou.

— E o que isso significa? — ele a questionou.

— Eu queria te ver — ela declarou.

— Por isso veio para cá?

— Sim. E também porque eu queria viajar com o bebê. É a nossa primeira viagem juntos, eu queria levá-lo a um lugar especial.

— Você queria me ver... Eu estou aqui.

Silvia hesitou um pouco antes de falar:

— Eu quero te dizer uma coisa e queria que fosse pessoalmente. Vim aqui para te dizer isso, mas você tinha que ver meu bebê primeiro.

O coração de Guilherme acelerou.

— Não quero que pense que eu sou prepotente — ela desviou o olhar para a areia.

— Por que eu pensaria isso de você? — indagou ele com um sorriso.

— Por eu esperar que você estaria aqui, livre, de braços abertos para mim.

— O que você veio me dizer, Silvia? Apenas diga.

Ela levantou os olhos e fixou-os nos dele.

— Eu amo você.

Guilherme ficou olhando para ela, absorvendo aquela informação.

— Eu esperei muito tempo para ouvir você dizer isso de novo — ele declarou, após alguns instantes.

— Quer namorar comigo? — pediu ela, séria.

Ele sorriu. Aquele era um pedido inesperado.

— Quer me namorar, sabendo que agora eu tenho um filhinho? — completou ela.

O sorriso de Guilherme deu lugar a uma expressão apaixonada. Ele queria beijá-la, mas não sabia como ela gostaria que ele se comportasse diante da criança. Limitou-se a abraçá-la bem forte.

— Eu sempre quis namorar você.

— Você quer agora?

— Você está solteira?

— Divorciada.

— Case-se comigo.

— Sim. Mil vezes sim.

Ela sorriu e o beijou rapidamente na boca.

— Eu vou com você para onde você quiser — Guilherme estava emocionado. — Não há nada que me prenda aqui, Silvia. Permaneci nesta cidade porque acreditava que, mesmo a vida te levando para longe, você voltaria e assim eu poderia ao menos te ver de novo.

— Aqui é um bom lugar para se viver — refletiu ela.

— Você acha?

— Espero que sim, porque eu e o Arthur vamos nos mudar para cá.

— Se mudar? — ele ficou maravilhado.

— Viemos para ficar. Estou em um hotel por enquanto.

— Eu... não acredito... — Guilherme parecia estar delirando.

— Não quero mais viver longe de você.

— Nem eu, nunca mais.

Abraçaram-se forte e demoradamente.

— Eu sei que deveríamos ter feito isso juntos. Mas eu estava desesperada por um filhinho e...

Ele colocou os dedos sob os lábios dela, silenciando-a.

— Meu amor, eu não poderia querer uma família mais linda que essa. Você voltou para mim e ainda me trouxe um presente...

Ela teve de se esforçar para conter as lágrimas. Não queria chorar diante de Arthur, poderia deixá-lo assustado.

— Acha que ele vai gostar de mim? — Guilherme teve receio.

— Tenho certeza de que você será um ótimo pai.

Guilherme abriu um largo sorriso. Arthur corria em direção ao mar, molhava os pezinhos na beiradinha e voltava correndo para a areia, sorrindo e soltando gritinhos alegres.

— Arthur, vamos correr até lá, vamos! — disse Guilherme apontando para qualquer ponto e provocando o garoto a segui-lo.

Arthur correu com ele, soltando risadas fofinhas. Silvia sentiu-se feliz ao vê-los brincar juntos. Aquele sonho ela nunca havia sonhado. Não daquela maneira. Ela já havia sonhado se casar com Guilherme quando era adolescente e já havia sonhado adotar uma criança quando descobriu que não poderia gerar filhos. Mas ter Guilherme e Arthur juntos num mesmo sonho... Sem dúvida, aquele era um sonho muito bom.

Arthur percebeu que se afastava da mãe e voltou correndo, animado, em direção a ela, pegando-lhe na mão. Guilherme aproximou-se dos dois e segurou a outra mão de Silvia. Ela deitou sua cabeça de lado, sob o ombro dele. Ele elevou a mão dela e a beijou no dorso. Aquilo não parecia ser real.

Não era possível conquistar uma esposa e um filho num mesmo dia. Não era possível que, depois de tanto tempo, Silvia tivesse voltado para ele. Ela não era prepotente, de modo algum. Havia imaginado certo. Ele sempre esperou por ela de braços abertos. Sempre a quis e sempre a amou. Queria que ela tivesse sido feliz e não se alegrava com o fim do casamento dela com Miguel. Silvia sofrera muito e por isso Guilherme ficou com o coração despedaçado. Viveria sem ela se fosse preciso, mas viver com ela, com certeza, seria muito melhor.

O casal seguiu caminhando pela praia, admirando a bela e conhecida paisagem, que nunca deixou de deslumbrar. Era um belo cenário para um pedido de casamento.

Ao longo da vida, aqueles dois jovens tinham aprendido a amar, perder, lutar, sonhar e a ser felizes em meio aos sucessos e derrotas. Aprenderam a viver sem apoiar-se na felicidade feita de momentos.

Era preciso uma felicidade permanente, capaz de sobreviver às tempestades. Eram felizes simplesmente porque abriam os olhos a cada dia e Deus lhes dava graça para que pudessem seguir trilhando sua história. E porque tinham essa alegria dentro de si, Silvia e Guilherme poderiam dedicar-se a fazer feliz um ao outro e a criar seu filho, Arthur, no Caminho certo.

FIM

Editora
LETRAMENTO
www.editoraletramento.com.br